광기의 지혜

光氣

智慧

智慧

光氣

光氣

광기의 지혜

智慧

光氣

몸과 마음을 조화롭게 하는 삶의 기술

타르탕 툴구 린포체 지음 · 박지명 옮김

光氣

光氣

智慧

하남출판사

요즈음에 이르러, 가장 현대적이며 세계를 주도하고 있는 많은 미국인들과 유럽인들이 왜 그렇게 티베트의 불교와 그 사상에 대하여 관심을 가지는지 생각을 해본다.

더욱이 티베트 불교의 중심지인 동양에서보다 더욱 과학적이고 문명화된 서양에서, 그들의 사상에 더 큰 관심을 갖고 그것에 대하여 공부하는 이유는, 티베트 불교에서 가르치는 불교의 이론과 수행 방법은 일반인들도 쉽게 실천할 수 있을 정도로 매우 단계적이고 체계적으로 이루어져 있기 때문일 것이다.

서구와 선진국에서 가장 알려진 티베트의 수행자는 단연, 티베트의 정신적인 지주이며 승왕인 달라이 라마(*Dalai Lama*)와 4대 문파인 닝마(*Ningma*), 겔룩(*Geluk*), 가큐(*Gakyu*), 사캬(*Sakya*)파의 수장(首長)인 린포체들들을 꼽을 수 있다. 그리고 일찍이 서구의 학자들에게 존경을 받았던 초캄 트룽파(*Chokam Trungpa*), 요즘에도 활동하는 소걀 린포체(*Sogyal Rinpoche*) 및 여러 고승들인 린포체와 라마 등이 있다.

그와 관련해 요즈음 우리 나라에는 달라이 라마의 가르침과 베트

남 스님인 틱 낫한(*Thich Nhat Hanh*)의 책들이 많이 소개되어 불교 전반과 마음을 다스리는 방법들이 많이 알려져 있다.

그러나 그 중에서도 타르탕 툴구(*Tarthang Tulku*) 린포체가 유독 돋보이는 이유는, 그의 가르침은 단순하면서도, 몸과 마음을 쉽게 변화시킬 수 있는 구체적인 방법론을 제시하고 있기 때문이다. 그는 아주 위대하고 실질적인 스승이다.

그의 저서는 이미 하남출판사에서 여러 차례 소개된 바 있다. 티베트 불교의 실질적인 가르침인 요가(*Yoga*)와 기공(氣功)을 개발하여 만든 닝마파의 티벳 체조를 오랜 임상수행을 통하여 전승한『티베트 요가 쿰니 상·하』가 있으며, 티베트 불교의 철학과 사상을 단순화하고, 명상과 삶의 가르침을 주는『마음을 열어주는 명상록』이 있다.

이 책『광기의 지혜』는 티베트 불교의 핵심인 바즈라야나(*Vajrayana*), 또는 금강승불교(金剛乘佛敎)의 이론과 명상수행 방법을 바탕으로 하고 있다.

특별한 수행방법이나 종교에 상관없이 어느 누구라도 근본적으로 자신의 마음을 바로 직시하게 하는 기본적인 공식을 가르쳐준다. 그리고 일반적인 관점에서부터 이해할 수 있는 삶과 명상에 대한 간결한 이론과 그에 따른 수행방식을 가르쳐 주고 있다.

이 책은 삶의 길을 안내해주는 훌륭한 지혜의 서(書)이다. 삶의 본질은 무엇이며, 그 목적이나 목표는 과연 무엇이며, 우리는 어떻게 살아가야 하며, 행해야 할 사랑과 동정심의 바탕은 무엇인가, 그리고 그러한 삶을 살아가기 위해 어떻게 해야하는가에 대한 단순하지만 실질적인 방법론을 제시하고 있다.

더불어 우리가 체득해야할 편안함이나 행복의 자각, 삶에 대한 확신과 명상에 대한 인식을 단순하게 가르치고 있다.

타르탕 툴구는 이 책에서 티베트 불교철학의 단순한 이론만을 강조한 것이 아니며, 또한 형이상학적인 삶의 방법을 가르치려는 것이 아니다. 그의 지혜와 수행법을 몸과 마음을 통하여 전달하려는 실질적인 명상서이며 삶을 자각하게 해주는 귀한 책 이기도 한 것이다.

이 책은 평생을 간직할만한 가치가 있는 양서이며, 시공을 넘는 지혜의 향기가 넘쳐나는 책이다. 이러한 가르침을 실천적으로 하여 자연스러운 명상의 길을 맛보길 바라며 바쁘고 힘든 현대생활에서 많은 지혜를 얻길 원한다.

2003년 여름, 인도에서
박지명

　이 책에 쓰여진 글은 일반적인 불교 이론에만 치우치지 않고, 붓다의 사상과 견해를 객관적으로 소개하고 있다.

　서방세계의 사람들은 불교가 매우 엄격한 체계를 갖추고, 추상적인 표현으로 이루어진 것쯤으로 생각한다. 그리고 불교의 가치를 진정으로 이해한다는 것은 현실적으로 매우 어려운 일이라고 여기곤 한다. 그러나 불교에 대한 진가는 인간의 삶의 본질에 있는 것이며, 결코 독단적인 삶의 행보로 나아가지 않게 한다.

　이 책에서 말하는 바에 의하면, 인간의 삶은 결코 추상적이거나 공허한 것이 아니다. 인간의 삶이란, 지적으로도 완전히 이해할 수 있는 것이며, 그것을 가슴 속 깊이 느낄 수도 있다는 것이다.

　이러한 내용은 우리가 삶에 대하여, 한 가지의 편견으로 단순하게 예측하지 않도록 하며, 자기 자신을 스스로 찾아가는 과정 속에서, 삶을 재평가하고 끊임없이 고찰하도록 격려할 것이다. 그리고 그러한 과정 속에서 얻은 삶에 대한 새로운 인식은, 우리의 삶이 계속적으로 원숙하게 성장하는데 원동력이 될 것이다.

　이 글은 다소 조심스럽기는 하지만, 삶의 전체적인 발전에 대한 내용을 명확하게 담고 있다. 가르침의 시작은 자신의 삶을 바로 직시하게 하는데, 그것은 관조하는 태도로서 삶을 멀리 바라보는 것이 아니라, 삶의 광범위하고 변화무쌍한 흐름 속에서 스스로가 존재의 일부임을 인식하고, 그러한 삶을 온전히 공유하라는 것이다.

우리가 자신이 미리 예측해 놓은 상황을 그대로 만들어내기 위해 언제나 악전고투하며, 늘 긴장 속에서 자기를 방어하기 위해 임시적인 핑계거리들을 만들어 낸다면, 무한하게 확장되고 있는 삶이라는 흐름 속에서 자신을 결코 성장시키지 못할 것이다. 그러나 우리가 스스로 진정한 안정감을 갖게 된다면, 삶의 흐름은 우리의 내면 속에서 고요하게 흐르게 될 것이다.

안정감이란 명상을 실천하기 위한 필수적인 전제가 되는데, 그것은 삶을 새롭게 고정시키는 것이 아니라, 전체적인 삶의 방향을 온전하게 전환시키는 것이다.

다시 말해, 삶을 온전하게 전환한다는 의미에서, 명상이란 우리의 의식이 발전하도록 이끌어 주는 최고의 방식일 뿐만 아니라, 내적 갈등으로 빚어진 괴로운 상처들을 치유하기 위해, 주관과 객관이라는 인위적인 한계를 전체적으로 통합된 의식 속으로 녹아들게 하는 과정인 것이다. 결국 자신 이전에 살았던 사람들과 자신 이후에 살게될 사람들과 연결된다.

우리는 선조로부터 삶에 대한 의미와 가치를 부여받았으며, 그들이 남겨놓은 삶의 유산을 재해석하고, 그 발전된 원형을 우리의 후손들에게 다시 물려주어야 한다. 그들에게 전하고자 하는 것이 무엇이든지간에, 우리가 보여주려고 하는 지점부터 모든 것은 진실과 사실을 바탕으로 하고 있어야만 가능할 것이다.

우리는 실제로, 구체적인 내용이나 실질적인 적용방법을 다시 추상적으로 만들어내는 경향이 있다. 예를 들어, 우리는 어떤 사람을 잊어버리지 않기 위해, 그에게 맞는 이미지를 자기 나름대로 만들어 내는 경우가 그러하다. 인간은 결코 확정된 조건들 속에서 무어라 규정될 수 없는 존재이다.

수정은 갈고 닦을수록 더욱 아름답게 빛난다. 그러나 인간은 아무리 많은 빛을 발산하는 수정보다도 더 많은 색으로 빛나는 고귀한 존재이다.

이 책이 남다른 이유는, 전하고자하는 내용의 방향성이 매우 신선한 각도로 드러나 있다는 것이다. 우리는 타르탕 툴구 린포체가 말한 중요한 내용 속에서, 그의 진심 어린 따뜻한 인간미를 찾아볼 수 있다. 아마도 그는 우리가 다른 사람들과의 관계를 너무 자주 망각하고, 지극히 단순하고 공상적인 이미지들 속에 자기 자신을 그대로 방치하고 있기 때문에, 인간에 대한 무수한 면들을 몇 번이고 강조하여야만 했을 것이다.

이러한 그의 인간적인 배려는 이 책에서 더욱 중요한 의미를 지니고 있다. 끝으로, 앞으로도 영원히 시들지 않을 닝마파 스승들의 전통적인 가르침을 계속해서 우리에게 전달해주기를 바란다.

허버트 V. 군터
사스카체반 대학교수

　이 책은 명상에 대한 기본적인 실천방법에 대하여 말하고 있으며, 미국과 관련한 내용과 정서가 많이 담겨져 있다. 이 책이 발간될 수 있었던 것은, 최근에 나의 강의를 들었던 어느 한 분이, 지난 칠 년 동안 제자들에게 주로 가르쳤던 것들을 다른 사람들에게도 소개해보면 어떻겠느냐고 내게 제의해왔기 때문이다. 이 책의 여러 장(章)들 중에서 핵심을 이루는 주제들이 어느 정도 겹치는 부분들도 있지만, 이러한 반복은 내용에 대한 이해를 돕기 위한 것이다.

　이 책에서 말하고 있는 내용과 방법들은, 대부분 서양 사람들의 경험에 따른 것이지만, 그것은 모두 닝마파에서 내려오는 불교의 전통을 따른 것이며, 그 전통에 따라 이어지고 있는 방향에 입각한 것이다.

　불교에서 가장 중요하게 여기고, 가장 근본적으로 강조하는 것은, 삶을 직접 바라보고 대면하라는 것이다. 말하자면, 좁은 소견으로 자신을 구속하거나, 자기만의 주관적인 감상 때문에 어떤 환상에 사로잡히지 말고, 자신의 경험을 사실 그대로 정직하게 받아들이라는 것이다.

우리 개개인 모두는 우리에게 벌어지고 있는 모든 문제들의 근원이 어디에서 나온 것인지 자각해야만 하며, 더불어 인류의 가치에 대해 인식해야만 한다. 왜냐하면, 그로 인하여 우리의 삶의 방향이 결정되며 확고히 유지될 수 있기 때문이다.

　히나야나(*Hinayana*, 근본불교)시대의 어떤 사람은 우리가 이 세상에 태어나고 살아가면서 남는 것은 결국 허무와 절망이라고 하였다. 그리고 그 허무와 절망을 극복하기 위해서는 삶을 정직하게 대면하고, 확고한 삶의 방향을 찾아야만 한다고 하였다.

　인류의 존재로서 해야할 최고의 의무는 개개인이 삶에 대한 절망을 극복해야 하는 것이며, 그러한 자질을 배양하기 위해 모든 책임을 다 하여야만 한다는 것이다. 완성된 삶을 살기 위한 개인적인 노력은 다른 사람의 힘을 빌어 구제 받으려는 것보다 훨씬 바람직한 태도이다.

　그러한 성숙하고 현실적인 태도는, 타인을 위한 관용과 자연에 대한 현상적인 심오한 이해를 중심으로 한 마하야나(*Mahayana*, 대승불교)의 입장과 같다.

　마하야나에서는 우리의 삶이 아무리 고통스럽고 절망적인 것을 경험한다고 해도, 그러한 경험마저도 삶에 대한 근본적인 방법으로 열려있는 것이기 때문에, 고통스러운 경험이라도, 그것을 피하려고 가슴을 졸일 필요가 없다고 한다.

타인에 대한 동정심은 삶에 대한 통찰력으로부터 자연스럽게 나오는 것이며, 그러한 통찰력은 우리가 어떤 상황에서든 결정적인 태도로 한계를 만들지 않도록 할 것이며, 더 이상 불안과 절망에 빠지지 않게 할 것이다.

우리가 내적으로 강건해질수록, 점점 다른 사람들에게 관심을 기울이게 되며, 진정으로 그들을 도울 수 있게 된다. 이러한 동정심은 단순히 감상적이고 일시적인 계획으로 그치는 것이 아니라, 그야말로 전체적인 상황들을 좋은 방향으로 이끌 수 있는 강력한 원동력이 되는 것이다.

역사적으로, 불교는 각기 다른 인종의 능력과 필요성에 부합될 수 있는 다양한 종파로 발전해왔으며, 가르침 또한 그에 맞는 방식으로 발전되어 왔다. 이러한 종파들은 삶의 문제를 극복하고 확고한 방향성을 가지고 살아갈 수 있는 명상의 방식들을 여러 방면으로 완성시켰다. 또한, 그러한 명상의 방식들은 우리의 몸과 마음의 심오하고 귀중한 측면의 것을 일깨우기 위해 노력하여 왔다.

불교의 명상 기법들은 언제나 인간의 경험에 대하여 매우 실질적으로 평가하며, 그 평가의 기준은 인간의 본질적인 에너지와 성질에 연결되어 있다. 초보적인 명상의 경험이 깊이를 더하며 발전하기 위해서는 무엇보다, 자신을 발전시키고자 하는 강한 염원과 그에 따른 균형 잡힌 방향성이 가장 중요하다.

전통적인 불교에서는, 히나야나와 마하야나의 가르침에 대해 완전히 성취한 사람은 마지막 단계이며, 동시에 계속적인 연장선상에 있는 바즈라야나〈*Vajrayana*, 금강승불교(金剛乘佛教)이며, 티베트 전통의 탄트릭 불교〉에 이르게 된다.

바즈라야나는 교리나 접근방식에 한계를 두지 않고 무한한 성장의 길을 가도록 하는데, 그것은 이원론적이고 개념을 만드는 모든 것을 완전하게 넘어선 것이다. 바즈라야나에서는 삶을 결정된 것으로 보지 않고, 무한한 풍요로움과 창조적인 에너지로서 받아들인다. 그리고 바즈라야나의 수행자들이 충분한 수련을 통하여 모든 존재에 복된 관점으로 연결되면, 어떤 것에도 억압받지 않는 상태가 된다.

자연에 대한 심오하고 섬세한 불교의 가르침이 티베트로 건너 온 것은 8세기인데, 그것은 위대한 바즈라야나의 스승인 산티라크시타(*Shantirakshta*)와 파드마삼바바(*Padmasambhava*)에 의해, 인도에서부터 전해 내려온 것이다. 그 두 스승들의 가르침은 네 갈래의 티베트 불교 중에서 첫 번째인 닝마(*Nyingma*)파에 밀접하게 연결되어있다.

히나야나, 마하야나, 그리고 바즈라야나의 가르침들은 모두 닝마파에 포함되며, 그것은 네 갈래의 티베트 불교 중에, 가장 깊이 있는 경험들과, 그러한 경험의 의미 속에서 유연하고 진실한 형태로 나타난다.

닝마파에 대한 해설과 주석은 인도의 원전들을 바탕으로 각각의 중요한 용어들과 의미 있는 개념들을 위주로, 신중을 기하여 만들어졌는데, 그러한 가르침들은 영어와 같은 새로운 언어로 번역되어, 현대적인 삶과 정보가 될 수 있는 모든 지식적인 개념들에 밀접하게 연결되고 있다.

티베트에서 닝마파의 수행자들은 세상을 등지거나, 오로지 집중적인 수도 생활만을 영위하지 않는다. 그들은 여러 부류의 사람들과 상호관계를 맺고 있으며, 닝마파의 스승들 또한 다른 학문이나 삶의 방식에 정통한 사람들과 언제나 함께 한다.

나는 미국에서, 다른 사람들과 어떤 식으로 상호 관계를 맺어야 할 지에 대하여 많은 생각을 했다. 그리고 이러한 생각들이 떠오를 때마다 유연하고 열린 마음을 갖도록 노력했다. 그렇기 때문에, 나는 이 책이 다른 입장을 지니고 있거나 관심이 다른 사람들에게 그 어떤 가치를 부여할 수 있기를 희망한다.

내가 해야 할 의무는, 사람들이 올바른 방향 속에서 스스로 성장할 수 있는 길을 가도록 돕는 것이다. 만일 그들이 자기 자신에 대한 확고한 신념을 갖는다면, 수많은 갈등 안에서 자신을 보호할 수 있을 것이다.

나의 연구는 매우 지적이거나 기품 있는 모습을 하고 있지는 않다. 그러나 예전에 나의 스승 중에 한 분은 "단순한 언어로 생각을 이해시킬 수만 있다면, 고상한 언어의 사용은 그다지 중요한 게 아니다."라고 말씀하였다.

끝으로 작업에 도움을 준 미국에 있는 모든 친구들과 특히 나를 대신하여 수고를 아끼지 않은 제자들에게 대단한 감사함을 표한다. 그리고 이 책이 출판될 수 있도록 도움주신 많은 분들과, 닝마파의 전통을 함께 나누고 보존할 수 있는 기회를 갖게 해준 미국의 친구들에게 마음 깊이 감사를 전한다.

타르탕 툴구

목 차

자각, 자가치유, 명상에 관한 안내서

목 차

몸과 마음을 조화롭게 하는 삶의 기술

자각, 자가치유, 그리고 명상에 관한 안내서

제 1 장
드러내기

우리는 일시적인 목적을 위해, 궁극적인 자신의 삶을 포기하며 삶을 자각하지 못한 채, 고통 속에서 늘 방황한다. 그리고 자신이 언제나 짊어지고 있는 그 고통의 원인에 대해서는 알려고 노력하지 않는다.

삶의 전환과 좌절

이 세상의 모든 것은 반드시 그 힘을 다하게 된다. 즉, 삶이 전환되는 변화란 인류가 지니고 있는 조건 중에서 가장 본질적인 것이다.

그것은 우리 삶의 대부분을 제약할 뿐만 아니라 우주 전체를 지배한다고도 할 수 있다. 다시 말해, 우리가 살고 있는 이 지구의 환경 뿐만 아니라 모든 별들과 행성들 이 모두가 그러한 변화의 지배를 받고 있다는 것이다.

우리는 이제까지 모든 사회와 국가의 흥망성쇠를 보면서, 삶의 무한한 변천에 대하여 인식해 왔을 것이다. 그리고 심지어 재고품 세일 매장 같은 곳에서도 시간의 변화와 유행과 문화의 변화 등을 무수히 실감했을 것이다. 이러한 변화들은 모든 존재들에게 속속

들이 배어들어 있는 성질이다.

우리는 자신의 삶 속에서, 또는 친구들이나 가족들의 삶 속에서도 늘 어떠한 변화를 경험하지만, 살아가면서 우리를 가장 망연자실하게 하고, 언제나 경악을 금치 못하게 하는 변화는 바로 '죽음'이다.

일반적으로 대부분의 사람들은 죽음에 대해 공포감을 가지고 있지만, 삶을 바로 인식하기 위해서는 자신의 현실이 어떻게 돌아가고 있는지를 분명히 알아야 한다. 시대의 변천과 죽음은 살아있는 존재에게 피해갈 수 없는 절대적인 구성요소이며, 지금은 자신의 삶이 아무리 불변할거라 생각이 들지라도, 그것이 영속될 수 없다는 사실을 우리는 잘 알고 있다. 인간이라는 존재가 탄생하는 것은 매우 귀하게 주어지는 특권이며, 존재가 영위될 수 있는 삶에 대해 이해하고, 그러한 기회를 얻는 것은 매우 중요한 일이다.

변화와 같은 비영속성에 대하여 이해하게 되면, 일반적으로 매혹적으로 여겨지는 일상들이 더 이상 매혹적으로 보이지 않게 된다. 그리고 그동안 부럽게만 느껴졌던 다른 사람들의 일상들에, 더 이상 집착하지 않는다는 사실 또한 알게 될 것이다.

그렇게 되면, 우리는 자신을 보호하기 위해 만들어 놓은 작은 껍데기를 부수고, 집착과 두려움에서 더욱 쉽게 벗어날 수 있을 것이다. 이러한 삶의 무궁무진한 변화에 대하여 생각하는 것은, 삶에 대한 인식이 시작되고 있다는 것을 의미한다.

헤쳐나가야 할 문제들은 아직 많이 남아있다. 여기서 우리는 자신의 삶이 불완전하다는 생각이야말로 모든 고통과 좌절의 원인이 된다는 사실을 알아야 한다.

타성에 젖은 모든 일상들은 웬만해서는 깨트리기가 쉽지 않다. 우리는 간혹 그러한 타성에서 벗어나고 싶다는 생각을 할 때가 있다. 그러나 그런 생각을 하자마자, 언제나 자신에게는 원치 않는 많은 장애물이 있기 때문에, '나는 그렇게는 될 수 없다'고 스스로 결론을 내려 버리는 경우가 대부분이다. 욕망과 집착은 똑같은 파괴력을 가지고, 우리의 습관을 되풀이하고 타성을 만들어낸다.

감정적인 요소의 하나인 '욕구'는 물질적인 것에 길들여지게 하며, 물질적인 것들과 우리를 너무나도 세밀하게 동일화시킨다.

우리는 스스로 분별력을 잃지 않기를 바라며, 자신의 주변환경이 늘 그대로 유지되기를 바라며, 잘 알고 지내는 사람들과의 관계 또한 지속되기를 바란다. 그러나 우리가 자신만의 성격과 이미지에 대한 집착을 버리지 못한다면, 결코 자신을 변화시킬 수 없는 것은 물론이며, 어쩌면 자신이 변화될 수 없다는 사실조차 파악하지 못할 것이다.

어떤 일정한 행동방식에 의존한 나머지, 자신만의 특정한 성질을 버릴 수 없다면, 우리는 계속해서 고통스러운 상황 속에 휘말리게 될 것이며, 내면적인 갈등에 시달리게 될 것이다.

먼 훗날 언젠가는 자신의 돈과 가정, 소유한 모든 것들을 일말의 망설임 없이 쉽게 포기할 수 있을런지도 모른다. 그러나 그러한 행동에 수반되는 칭찬과 비난, 획득과 손실, 기쁨과 슬픔, 또는 너그러움과 가혹함 등의 집착은 매우 섬세한 감정의 변화를 야기시킨다. 그것들은 육체적인 단계를 넘어, 성격이나 자신에 대한 이미지 속에 고착되어 존재한다. 게다가 우리는 그것들을 깊이 간직하려는 속성을 지니고 있기 때문에, 우리는 정해놓은 행동방식과 편견들을 그대로 고수하려고 한다.

그러나 우리는 대부분 자신에게 숨겨진 그러한 태도를 인정하려 하지 않는다. 우리의 집착은 자석처럼 한 방향으로 끌어당기는 성질을 가지고 있기 때문에, 스스로의 집착에 끌려 다니게 된다.

우리를 지배하고 있는 힘이 과거의 행동들로부터 나온 것인지, 아니면, 죽음에 대한 공포나 또는 어떤 알지 못하는 근원에서부터 나온 것인지, 딱 잘라 말하기는 어렵지만 모든 절망과 갈등이 우리를 공격하고, 그런 상황에 더 많은 절망과 고통이 만들어지고 있는 상태에서는 우리가 빠져 나올 수 없다.

아직도 사람들은 전쟁을 일으키고 있다. 그리고 언제나 전쟁에 대한 목적을 위해 자신의 삶을 포기한다. 또한 그들은 자신이 가지고 있는 고통의 원인이 무엇인지 조차 알려고 하지 않는다. 불가사의한 것은, 심리적으로 확고하게 고착된 것은 우리의 내면에서 너무도 강력하게 작용하기 때문에, 그것을 버리기는 매우 어렵다는 것이다.

우리의 내면에 잠재되어 있는 욕망과 부정적인 요소들은, 언제나 고통의 원인을 제공한다. 그러나 삶에 대한 이해와 인식이 성장하게 될수록, 감정과 집착 그리고 모든 부정적인 요소들을 통하여 삶의 중요성을 알게 되며, 그런 과정 속에서 궁극적인 해결책을 찾을 수 있게 된다.

우리가 진정으로 고통에 대하여 깨닫게 된다면, 내면의 가장 깊은 곳에서부터 변화가 일어나기 시작할 것이며, 삶에 대한 실질적인 발전을 이룰 수 있다.

우리의 주변이나 일상에서 겪는 일들은 너무 인위적인 요소들이 많기 때문에, 자신을 건강하게 하고 진정으로 이롭게 하는 것이 무엇인지 제대로 인식할 수가 없다. 그러나, 매사에 긍정적이고 균형 잡힌 태도를 잃지 않는다면, 우리의 삶은 새로운 국면으로 자연스럽게 전환될 것이다. 자신의 삶에 변화를 찾기 위해서 가족을 떠나거나 주변의 사람들을 멀리할 필요는 없다. 왜냐하면 변화는 자신 안에 있기 때문이다.

우리는 일반적으로 영적으로 된다는 의미를 세상을 등지는 것으로 생각하는 경우가 많다. 그러나 아무리 영적인 사람이라도 편안하게 자신의 일을 즐기면서 살 수 있으며, 자신의 가족을 보호하고, 사회적으로나 세계적으로 성공할 수 있다.

우리는 무언가를 할 때, 자기본위로 해서는 안 된다고 말한다. 하지만 진정으로 자신을 위하는 일이라면, 자기본위가 될 수 있다. 그것은 단순히 이기적인 욕망이나 음흉한 방편이 결코 아니며, 오히려 자신의 몸과 마음이 최대한 조화를 이루도록 하는 일이며, 진지하게 자신을 돌보는 것이다.

자신의 감각이나 느낌들에 대하여 세밀하게 관찰해보면, 우리는 자신을 받아들이고 인정하는 방법을 터득하게 될 것이며, 더 나아가 다른 사람들에게도 자신을 숨기지 않고 솔직하게 드러낼 수 있게 될 것이다. 내면의 평화를 얻고 자신을 사랑하는 기쁨을 누리는 것은, 자신의 몸과 마음을 조화롭게 융화시킴으로서 얻을 수 있다.

그러나 우리는 대부분 이제까지 지내온 것처럼, 삶에 대한 부정적인 방식들을 고수하려고 하며, 자신에게 주어진 어떤 순간에도 진정으로 즐거워하지 않기 때문에, 충분한 만족감을 얻지 못하곤 하였다. 다시 말해, 우리는 늘 마음 한 구석에 불안감과 억눌린 마음을 가지고 있는데, 그것은 정말 자신이 행복해질 수 있을까하는 의구심 때문이다.

자신이 원하는 모든 상황이 열려있고, 그것에 바로 연결되는 것은 그리 쉽지 않은 일이다. 그렇다해도, 과거의 경험으로부터 남겨진 인상을 가지고, 그 범위 안에서만 미래를 예측한다면, 우리는 실제로 지금 자기에게 처해진 상황을 결코 해결할 수 없으며, 자신의 삶에 대하여 진정한 만족감 또한 얻을 수 없다.

우리는 언제나 미래에는 지금보다 많은 일들이 성취될 것이며, 무언가 멋진 일이 벌어질 것이라는 기대를 하곤 한다. 그러나 그런 막연한 기대 때문에, 우리는 특별한 행복이나 만족감을 얻지 못하는 지도 모른다. 왜냐하면 우리는 가정 생활이나 연애, 심지어 오락거리 조차도, 그것들을 자신의 고정관념대로 구성하려하기 때문이다.

　현대인들은 자기가 하는 일에서 즐거움을 찾는 경우가 그리 많지 않다. 오직, 행복해질 준비만을 하면서 일하는 경우가 대부분이다.

　이를테면, 주말을 계획하거나 바캉스를 즐길 기대를 하면서 말이다. 그러나 지난 일들을 기억해 보라. 진정한 즐거움을 맛 본적이 있었던가? 진정으로 훌륭한 시간들을 보낸 적이 있었나? 우리가 어떤 일을 성취하기 위해서 자신의 내면을 바라보고 스스로를 인정하는 것은, 아마도 외적인 조건을 따지는 것 보다 더 어려울 것이다.

　우리가 자신의 내면의 소리에 귀를 기울이고 내면의 조화로움에 대하여 알게 되면, 삶은 참다운 행복과 진정한 가치를 얻게될 것이며 자신의 일 속에서도 행복을 찾을 수 있다.

　불필요한 생각들과 행동들 속에서 우리의 에너지와 잠재력을 낭비하는 것은 자신에게 치명적인 결과를 초래할 수도 있다. 대신에, 자신의 인생에서 정신적인 방향을 구하고, 그 방향을 구축시키기 위해 노력한다면 우리의 삶의 질은 더욱 높이 발전하기 시작할 것이다.

　우리는 매 순간을 즐겁고 기쁘게 받아들일 수 있다. 그러나 대부분 그 방법에 대하여 알지 못한다. 삶을 즐기는 것은 우리 모두에게 가장 중요한 일이지만, 우리는 즐거운 경험을 할 때마다 그 만족감을 미래에 결부시킨다. 그리고 결코 실현되지 않을 공허한 꿈으로 가득 채워 버린다. 언제나 마음이 미래의 목적에만 가 있다면, 무언가 이루어내기는 점점 더 어려워질 것이다.

이것은 결코 미래를 위한 계획을 세우지 말라는 것이 아니다. 다만, 현재의 삶에서 충만함을 갖는 것이 얼마나 중요한가를 말하려는 것뿐이다. 현재는 자연스럽게 미래로 흘러가고 있으며, 미래는 현재를 어떻게 살아가느냐에 따라 변화되는 것이다.

모든 일에 자신감을 갖게 되면, 모든 행동들은 의미를 갖게 되며, 그런 다음에는 일상의 삶뿐만 아니라 미래의 삶도 조화와 균형을 이루게 된다.

자신이 지금 경험한 것을 바로 드러낼 수 있다면, 삶을 즉각적으로 즐길 수 있다는 것을 알 수 있다. 우리는 누구나 그런 기회를 갖고 있다. 미래에 대하여 너무 근심하지 말라. 그리고 현재를 바로 보고, 그것을 즐겨라. 우리가 무엇을 하던지, 현재는 미래로 향해있으며 우리를 미래로 이끌어 줄 것이다.

그러나 지금도 지나가고 있는 현재에 대한 순간 대부분이 명확하지 않기 때문에, 어떤 것들은 오랜 시간 동안 우리의 의식 이면에 숨어서 방황하고 있는 것처럼 보인다. 그동안, 시간과 에너지는 헛되이 버려지게 되며, 우리는 어제 일어난 일이나 오늘 아침, 어쩌면 바로 전에 일어난 일에 대해서도 인식하지 못하게 된다.

그런 일들에 대하여 생각해 보면, 자신이 지금 어떻게 존재하고 있는지 근본적으로 인식하지 못하고 있다는 것을 알 수 있다. 우리가 어렸을 때에는, 보고 느끼는 대로 말하고 행동했었다. 하지만 우리는 지금 어떻게 변했는가?

자신이 변해온 과정을 다시금 회상하는 것은 어려운 일이다. 그러한 과정에서 지금까지 해왔던 경험들이 모두 옳다고 생각하고, 그것을 전적으로 따를 수도 있다. 그러나 과거의 일들을 기억하지 못하거나, 지난밤에 무슨 꿈을 꾸었었는지 조차 가물가물 하는 것처럼, 과거의 일들 또한 정확하게 기억나지 않는 것은 놀라운 일이다. 그것은 바로 우리의 삶이 살아있다는 증거이기 때문이다.

자신의 삶에 있어서, 어떠한 한 부분이 특별히 기억된다면, 그것은 자신이 원하는 전문분야에서 최대한 성공할 수 있는 원동력을 제공하며, 매우 현명하고 정확한 지식을 갖추도록 한다.

그러나 한편으로는 어떠한 목적이나 목표의식을 갖는 것을 귀찮아하기도 하며, 그것에 대한 인식들은 너무나 불확실하고 모호하다고 생각하기도 한다. 우리가 어린 시절을 되돌아보는 것은, 자신이 과거에 소망했던 것이 무엇이었나 확인하고 싶어서일 것이다.

우리는 세상이 어떻게 변화하고, 자신의 내면에 무슨 일이 일어나고 있는지 거의 인식하지 못한다. 대부분 자신이 바라고 기대하는 것을 이루기 위해서 그것에 알맞은 일과 행동을 할 뿐이다.

우리는 자신의 직업과 인간관계 속에서 다른 사람을 모방한다. 특히, 삶에 대하여 총체적으로 인식할 수 없을 때에는 더욱 그러한

데, 그것은 자신의 결정에 대해서 스스로 믿을 수 없기 때문이다.

지금이 바로 현실이라는 확신이 없다면, 현재에 대하여 여전히 깨어있지 못한 것이며, 그렇게 되면 무엇이 중요한지, 왜 그것이 중요한지 결론을 내릴 수가 없다. 어쩌면 우리는 머지 않아, 모든 욕망을 버리게 되는지도 모른다. 그러나 진정으로 욕망을 버린 것이 아니라면, 그것은 단지 절망 속에서 삶을 포기하는 것이 될 뿐이다.

포기하는 것에는 두 가지 종류가 있다.

한 가지는 집착을 버리는 것이며, 다른 한 가지는 난관과 실망 때문에 포기하는 것이다. 강건한 내면으로 열려있는 사람은, 집착과 욕망을 버리고, 결국 자유와 확신을 얻는다. 확고한 길을 찾게 되면 내면에서 인도하는 진실한 방향을 따르게 되며, 자연스럽게 집착과 욕망에서 벗어나게 된다. 모든 장애물을 제거하고 무엇에도 실망하지 않는 것은 곧, 자신을 극복하는 것이다.

자신의 삶이 순조롭지 못하거나 잘 풀리지 않는다고 하여, 삶을 포기하는 것은 진정한 포기가 아니다. 그런 경우는, 자신을 위해 한 번이라도 강한 용기를 갖으려 노력하지 않고, 삶을 주관적인 견해로 확정해버리고 마는, 무슨 일이든 피하려고만 하는 것이다.

만일 집착이나 부정적인 감정들을 버릴 수 없다면, 삶의 방향은 더욱 모호해지기 때문에, 모르는 방향을 따라 점점 더 헤매게 되며, 우유부단함 속에서 스스로 고통스럽게 된다. 그런 경우, 물리적인 고통이 필연적으로 따르는 것은 아니지만, 자신이 갈망하는 것이 무엇인지 결코 파악할 수 없다. 감정적으로 일어나는 집착은 마음을 지배하고, 전체적인 상황과 분리시킨다.

고통이란 단지 물리적으로만 오는 것이 아니라, 자신만의 고정된 방식의 균형이 깨지거나 조화를 이루지 못할 때에도 발생한다. 갈등이나 압박된 상태로 괴로움을 겪을 때에는, 보통 간단히 결정할 수 있는 일도 매우 난감해진다.

우리의 인식 능력은 극히 좁아질 수 있기 때문에, 자신에게 입력된 생각만을 가지고 다른 생각을 차단시킬 수도 있다. 심지어 우리가 무언가를 결정할 때에도, 그것이 자신이 원하는 것을 다 이룰 수 없는 것이라면, 결정을 내린다는 자체가 매우 고통스러울 것이다. 그러다가, 간혹 원하는 것을 성취했을 때에는, 너무나도 자신만만해질 것이며, 그런 성공에 대하여 무서울 정도로 집착하게 될 것이다. 그리고 자신이 이룬 것을 잃게 될까봐 두려움으로 내내 고통 당하거나, 다른 목적이나 기대를 실현하기 위해, 언제나 긴장 속에서 살아갈 것이다.

우리는 그것이 인정을 받는 것이든 사랑을 받는 것이든, 아니면 획득한 것이든 성공한 것이든 간에, 자신이 원하는 것들은 결코 충분하게 얻어질 수 없다고 생각하기 때문에, 언제나 좌절감을 느낀다. 또한 무언가 방향을 바꾸고 싶어도, 거기엔 언제나 갈등과 우유부단함이 놓여있어서, 우리는 그 사이에서 어디로 가야할지 방황하게 된다.

이러한 불확정성은 우리의 마음속에서 계속 장애물을 만들어내기 때문에, 우리의 마음은 멈추지 않는 시간의 흐름 속에서 자꾸만 휘말리게 되는 것이다. 결국, 우리는 어떠한 결정도 하지 못한 채,

구체적인 생각이나 방향 없이 무의미한 삶으로 자신을 몰아가며, 수동적이고 방치된 상태로 자기 자신을 포기하고 만다. 이러한 무지몽매함의 전형은, 밑도 끝도 없이 계속되는 속성을 가진다.

일반적으로 자신을 지키는 힘은 발전되기 어렵기 때문에, 우리는 고통 속에서 길을 잃는 경우가 많다. 자신의 경험에서 가장 세밀한 부분을 발견하려면, 먼저 내면을 바라보아야 한다.

그러나 세밀한 경험은 가장 발견하기 쉽지 않기 때문에, 과거의 경험부터 알아 가는 것이 좀 더 쉬울 것이다. 과거의 고통스러웠던 일을 통해 배우는 것은 몹시 괴로운 일이지만, 일단 과거의 느낌으로 다시 돌아가게 되면, 점점 더 명확하고 객관적인 태도로 그것들을 대할 수 있게 된다.

대부분의 사람들은 자신의 삶에서 압박감과 초조함을 떨쳐내지 못하고, 그 속에서 괴로움을 당한다. 우리는 고통에서 탈출하려고 노력하지만, 언제나 제자리로 다시 되돌아오곤 한다.

그러나 자신이 안고 있는 고통을 깊숙하게 바라보기 위해 힘과 용기를 갖는다면, 우리는 이상한 모순을 발견할 것이다. 말하자면, 고통을 내버리려 할수록, 우리는 오히려 그것을 붙잡으려는 것처럼 보일 것이다. 그렇다면, 고통을 버리기 위해, 우리는 그 고통을 단단히 붙잡아야 한다는 것인가?

결국 자신의 고통과 더욱 친밀해지면서, 더 이상 고통 당하지 않을 것을 내면적으로 다짐하게 될 것이다. 바로 그 지점이 고통에서 벗어날 수 있는 지점이다.

내면이 전환되면서, 우리 자신을 괴롭히는 것은 자기 자신이였다는 것을 점차 깨닫게 된다. 이렇게 자신의 내면이 변화하는 과정은 실질적인 배움의 과정이다.

우리는 세상의 고통이란 끝없이 존재하는 것이기 때문에, 대부분 그 고통에서 벗어날 수 없다고 생각한다. 그러나 다른 측면에서 보면, 고통이란 삶의 최고 스승 중 하나임에 분명하다.

고통의 형태에 대하여 세밀하게 살피다보면, 우리는 육체적, 감정적, 그리고 정신적으로 자신을 이해하고 있다는 것을 알 수 있다. 삶에서 자신의 이상을 이루기는 거의 불가능한 일인 것처럼 보이지만, 고통스러운 느낌을 갖는 것은 별로 어렵지가 않다. 그리고 이와같은 사실은, 우리에게 많은 것을 깨우치게 하는 원천이 된다.

자신이 왜 고통 당하고, 절망에 빠지는지에 대해서 고찰할수록, 우리는 자신에 대하여 더욱 깊이 이해할 수 있게 된다. 그리고 모든 고통에서 벗어나기 위해서는, 그 고통을 피하지 말고, 반드시 뛰어 넘어야 한다는 것을 깨닫게 될 것이다.

일반적으로 생활이 편안해지면, 우리는 더 많이 즐기려고 하기보다는 오히려 점점 더 좌절과 혼란, 심지어 죄책감까지 느끼게 된다. 그리고 조급한 마음으로 그 편안함과 관계없어 보이는 길을 찾으려고만 한다. 고통 그 자체가 궁극적으로 어떤 해답을 제시하지는 않지만, 우리가 내면의 길을 찾을 수 있도록 도와줄 것이다.

그런 과정을 겪으면서, 고통은 긍정적인 경험으로 다시 평가되며, 그것은 자신의 감정을 전환하고, 진정으로 자유로워지는 기회가 된다. 진정한 자유로움에 대하여 자각하게 되면, 우리가 활동할 때에나 휴식할 때에도, 내면의 힘과 에너지가 함께 할 것이다.

티베트 사람들 중에는 삶의 변화나 죽음에 대한 불가피함에 대하여 말할 때, 어떤 왕비에 비유하곤 한다.

> 고대 왕실에, 평정과 확고함을 지닌 왕비가 있었는데, 그녀는 자신의 그 명성과 이미지를 유지하기 위해서는 매사에 신중을 기해야만 했다. 하지만 그녀의 속마음은, 언젠가는 왕의 총애를 잃게 될지도 모른다는 생각 때문에, 밤낮으로 왕의 심기를 살피면서 불안해했다. 또한 그녀는 모든 욕망에 사로잡혀 자신의 위치나 권력을 잃을까봐 한시도 마음속이 편할 날이 없었다. 말하자면, 그녀가 항시 평정하게 보이는 것은, 본질적으로 자신을 보호하기 위한 수단으로 사용하는 것일 뿐, 단지 가식적으로 흉내내는 것에 불과했다.

마찬가지로, 우리의 인간도 외부적으로는 영적인 삶을 향해 헌신하는 사람처럼 보인다 해도, 내적으로는 여전히 권력을 갖고 남에게 찬사 받기를 바라며, 좀 더 높은 위치를 원하고 있는지도 모른다. 우리가 삶의 변화나 죽음에 대해서 깊이 생각하려하지 않는다면, 자신을 욕망으로부터 구제할 수 없다.

그러나 이러한 삶의 변천과정에 대하여 깨닫게 되면, 우리는 모든 상황에 대하여 더욱 현실적으로 적응하게 되며, 더 이상 집착으로 인하여 자신을 해롭게 하지는 않을 것이다.

진정으로 죽음에 대하여 깊이 생각한다면, 죽음은 피할 수 없는 종말 같은 것이 아니라, 매우 자연스러운 삶의 전환이라는 것을 알 수 있다. 시간의 순환 속에서는, 죽음의 순간 또한 현재를 경험하는 과정이며, 그러한 경험마저도 이미 과거 속에 포함되는 것이다. 죽음, 또는 현재의 경험은 즉시 미래와 연결되는 것이다.

명상에 도달한 사람들은, 죽음이란 모든 고통으로부터 벗어나는, 그야말로 아름다운 경험을 하는 기회라고 생각한다. 그러나 대부분의 사람들은 죽음을 어떤 기회라고 여기지 않으며, 인생에서 가장 비참한 일이라고 생각하기 때문에, 죽음이라고 하는 자아의 소멸상태에 대해 크나큰 공포감을 가지고 있다.

일반적으로, 무엇에 집착하지 않거나, 습관적으로 하는 행동을 하지 못하면, 일종의 두려움이나 조바심이 생긴다. 우리는 집착과 습관 없이는, 우리는 자신이 누구인지 알 수 없으며, 그것은 매우 혼란스럽고 당혹스럽게 느껴질 것이다. 더욱이 누구라도 습관적으로 자기 방어를 하지 않는다면, 살아가는데 아무 준비도 하지 못할 것이다.

죽음의 의미에 대하여 진지하게 생각하는 것은, 자신의 내면을 일깨워 삶을 건설적인 방향으로 이끌어 가야할 의무를 갖는 것이며, 그것으로 인해 삶의 모든 순간은 매우 중요하게 전환된다.

우리는 잠에서 일어나, 하루 세끼의 식사를 하고, 이야기를 나누고, 감정적인 문제들을 해결하기 위해 시간을 보내며, 일상의 활동들 속에 자신을 잘 맞추어 놓는다. 그리고 아무리 오래 산다해도, 언젠가는 삶을 떠나야 한다는 사실을 알고 있다.

우리가 보내고 있는 시간들을 잘 살펴보면, 자신이나 다른 사람들에게 도움을 줄만한 긍정적인 에너지를 사용하기 위해서는 거의 시간을 보내지 않는다.

사실, 자신을 위한 삶의 방향을 세우는 것도 대단히 중요한 일이다. 만일 자신의 삶을 계획성 있게 이끌고, 부정적인 태도와 감정, 그리고 고통으로부터 자유로워지려면, 자신의 몸과 마음을 자유롭게 해야 한다. 그러기 위해서는 우리가 해야할 일 중, 가장 기본이 되는 자신의 몸과 마음을 단련시키는 일이 매우 중요하다.

육체나 정신이 어떠한 갈등을 빚고 있을 때에는, 자신의 갈등에 대해서만 모든 초점이 맞춰지기 때문에, 그 상황에서 벗어나기란 매우 어렵다. 아마도 최상의 환경 속에서는 자신의 평온함을 쉽게 유지할 수 있지만, 어긋나고 비뚤어진 상황을 경험한 후에는, 다시 긍정적으로 전환시키기는 매우 어려운 일이다.

그러나 그런 경험이 없다면, 우리는 살아있을 때에나 죽고 난 후에도, 계속되는 고통과 절망에 스스로 시달릴 것이다. 우리가 아무리 자신에 대하여 주의 깊게 살핀다 하더라도, 결코 자신이 죽는 때를 알 수는 없다. 마치 우리가 잠자리에 들 때, 자신이 언제쯤 반드시 깰 것이라는 확신을 하지 못하는 것처럼 말이다.

한번 내쉬고 난 숨은 다시 들이마실 수는 없다. 우리는 쾌락을 위해 술과 담배를 남용하기도하며, 멋진 자동차를 타면서 최고의 속도를 즐기기도 한다. 그러나 그런 일들은 결국 죽음의 원인이 될 뿐이다. 아무리 건강에 좋은 음식이라 해도, 그 음식이 우리의 생명을 영원하게 할 수는 없으며, 우리가 얼마나 살 수 있을지를 예견하는 것도 어려운 일이다.

우리의 몸은 세월이 흘러가면서, 모든 감각들이 무뎌지기 시작하고 점점 늙어가게 된다. 점차 시간이 흐를수록, 주변의 친구들은 하나 둘씩 세상을 떠나가며 자신이 사회의 일원이라는 느낌은 멀어질 것이다.

요새는 젊은이와 노인이 오랫동안 함께 있는 것을 보기란 매우 드문 일이다. 대체로, 그들간에는 관심거리와 에너지의 차이가 많고, 상호간의 대화가 잘 되지 않기 때문에, 나이 든 사람들은 혼자서 고립되는 경우가 많다.

그러나 모든 사람은 늙어갈 것이며, 누구도 그것을 피할 수 없다. 시간이 빠르게 지나감에 따라, 우리가 자신의 삶을 의미 있게 만들 기회를 놓친다면, 삶에 대한 회한은 더욱 깊어만 갈 것이다. 우리는 나이든 사람들이 이렇게 말하는 것을 자주 듣는다.

"내가 이십 년 전에 이런 걸 알았더라면 정말 좋았을 텐데." 아니면, "내게 남은 건 이제 아무 것도 없어. 지금은 이미 너무 늦어버린 거야."라고 말이다.

물론, 늦은 것은 아무 것도 없다. 다만, 우리에게 남은 시간이 얼마나 되는지 알 수 없을 뿐이다. 그렇다면 우리는 왜 지금 당장 원하는 것을 시작하지 못하는 것일까?

그것은 어쩌면 단순한 문제라고 생각될는지도 모른다. 하지만 그런 생각은 많은 세대를 거쳐 내려오면서 전통적으로 부여된 삶의 한 부분이다. 간혹, 자신이 살아있다는 것을 깨닫고, 내면적인 성장을 할 기회를 얻게 되면, 우리는 놀라운 것을 기억할 수 있다. 삶에 대한 비영속성과 절망에 관한 것에서도, 우리는 스스로 깨달음을 얻을 수 있다.

삶을 바로 직시하기란 쉬운 일이 아니다. 그러나 우리가 강건해지고 삶에 대한 확신을 갖게 되면, 실제로 내면의 잠재력을 얻게될 것이며, 자신의 내면적인 의식과 접촉할 수 있게될 것이다.

모든 존재는 의식으로부터 드러난 것이다. 우리가 잡으려는 것이 더 이상 영속적이지 못하며 실체가 없다는 것을 깨닫게 되면, 유혹에 이끌리고 욕망에 사로잡히는 이유에 대해서 더 많이 이해할 수 있을 것이다.

삶에 대하여 이해하게 될수록, 우리의 마음은 점점 더 안정될 것이며, 어떤 일이 일어난다 해도, 조급하게 끌려가지 않게 될 것이다. 자신이 변화되어 가는 것을 실제로 깨달으면서, 우리의 삶에 대한 우선 순위는 전체적으로 재정립될 것이다.

또한, 더욱 큰 이해와 관용을 얻게 됨으로서, 우리의 삶은 보다 활기차고, 모두에게 도움을 줄 수 있는 긍정적인 에너지로 가득 차게 될 것이다.

절망이란, 진정한 지식을 얻기 위한 삶의 몸짓이며,
머물러 있지 않는 삶의 변화는 모든 존재가 전환하는 주기이자,
삶의 조화로움을 경험하게 하는 근본적인 요소이다.

삶의 진리를 찾고 발전을 이루기 위해서는 막중한 책임이 뒤따른다고 생각하기 때문에, 우리는 진정한 성장을 두려워하며, 삶의 진실을 대하기도 전에 미리 회피하려 한다.

삶,
직시하기

우리가 확신하는 것 중에 한 가지는, 인간이 모든 것을 다 알 수는 없다는 것이다. 우리는 어디에서부터 왔고, 어디로 가고 있는지 아무도 정확히 아는 바가 없다. 심지어 자신의 몸과 마음, 그리고 느낌에 대한 현재의 상태가 정확히 어떤지도 알 수 없을 것이다.

우리의 이해력은 한계가 있기 때문에, 잠재적으로 숨어있는 욕망을 투영시켜야 내면적인 모습을 들춰낼 수 있다. 욕망은 늘 자신의 또 다른 이면에 존재하고 있다. 진정한 삶은 일상적인 삶의 의미를 넘어선다. 그리고 모든 진실은 우리의 겉모습 속에 숨겨져 있다.

우리는 자신의 경험으로부터 지식을 습득한다. 그러나 자신이 알고 있는 사실을 있는 그대로 바라보고 행하는 경우는 거의 드물다.

만일 어떠한 상황에서, 특별한 어떤 행동을 하면 확실한 이득이 되는 경우에도, 우리는 종종 그와 반대되는 행동을 선택하며, 그렇게 행동한 것에 변명을 하곤 한다.

마음속으로 재보고 따져서 일어나는 견해와 판단은, 긍정적인 행동을 막으려는 성향이 있다. 우리는 어떤 이로운 일을 할 때에도, 과연 그 일을 잘 하는 것인지, 공연한 불안함을 갖는다. 결국, 스스로 끊임없이 비난하고 책망한 나머지, 결국 자신에게 놓인 일을 수행하지 못하고, 그것과 반대되는 방향으로 도망가버리는 지도 모른다.

이러한 현상에는 두 가지의 요인이 있는데, 첫째는 무엇이 확실한 것인지 알지 못하기 때문이고, 둘째는 어떤 것은 일부 조금만 알고 있다는 것이다. 그러나 우리는 이러한 사실을 스스로 인정하려고 하지 않는다.

심지어는 어떤 상황을 명확히 처리해야 하는 경우에도, 언제나 해석은 자신에게 유리한 쪽으로 기울이며, 자신을 기만한다. 그럴수록 우리는 현실을 직시할 수 있는 정신적인 능력과 힘이 약화될 것이며, 자신이 이미 알고 있는 지식과 궁금해하는 모든 것들 사이에서 혼란을 느끼며 점차 망각할 것이다. 우리는 점점 나태해지며, 다른 문제로 마음을 돌릴 것이다. 이런 파괴적인 정신적 양상을 부추기는 것은 무지와 회피하려는 마음이다.

무지와 회피에 대한 잠재적인 원인은 모두 두려움에서 기인된 것이다. 다시 말해, 내적인 힘이 부족하기 때문에 생겨난 두려움이다. 두려움은 자기 방어적인 이기심 중에서 가장 강력한 힘을 가지고 있는데, 그것은 어떠한 경우에도 충분한 만족감을 얻지 못하고, 나약하게 하며, 자신의 본 모습이나 삶의 본질에 대해 정면으로 마주하지 않는다.

우리는 지금까지 자신의 진실한 생각과 느낌을 드러내지 않도록 훈련되었기 때문에 보고, 느끼고, 생각하고, 말하고 행동하는 것에서 진실성이 결여된 경우가 대부분이며, 자신의 느낌은 일단 포장을 하고 난 다음에 표현한다.

우리는 실제로 변화를 매우 두려워한다. 반드시 변화가 필요한 것에도 이전에 것을 고수하려고 하며, 어떻게 해서든 변화가 무모하다는 이유를 찾아내려고 한다.

그것이 아무리 우리의 삶을 의미 있게 하고, 시간과 노력을 투자할 만하다는 것을 인정하고, 그 방법까지 안다해도, 우리는 변화에 대한 두려움을 쉽게 버릴 수 없다. 근본적으로, 우리는 무엇을 시작하기에는 너무나도 나약하기만 할 뿐이다.

우리는 인생에서 두 가지 게임을 한다. 첫 번째는 사회적으로나 경제적으로 반드시 살아 남는 것이고, 두 번째는 자신이 인정을 받고 충족감을 얻는 것이다. 우리가 사회적 법칙에 익숙하다면, 인생을 즐기면서 성공을 얻을 수는 있겠지만, 결코 마음의 깊숙한 단계에까지는 도달하지 못할 것이다.

우리는 이미 자신이 원하지 않는 것에까지, 너무 많은 두려움이 얽혀 있다는 것을 안다. 그로 인한 압박감 때문에, 정신적으로나 육체적으로 질병에 시달리지만, 아무리 극단적으로 노력한다 할지라도, 여전히 우리는 친구들과 가족들, 그리고 사회와 함께 게임을 계속하는 것일 뿐이다. 물론 우리는 스스로 게임을 하고 있다는 것을 알 수도 있지만, 주변에서는 끊임없이 긴장과 압박된 상황을 야기시킨다.

그러므로, 우리가 자신의 에고(ego)를 관찰하고 그러한 게임이 진행되는 과정을 슬기롭게 넘기는 것은, 경기의 진행을 떠나 자신에게 유익한 일이다. 스포츠 경기를 할 때, 경기를 진행하는 사람이나, 경기를 관람하는 사람들은 모두 경기의 규칙을 인정하며, 경기의 방법을 이해한다. 그리고 페어플레이를 한 선수는 모두에게 찬사를 받는다.

이와 같이 모든 사람들은 어떤 경우에도 다른 사람들을 솜씨 있게 다루는 방법이나 빈틈없고 교활하게 행동하는 방법, 그리고 속마음은 숨기면서 외부적으로는 유연한 관계를 유지하는 법을 알고 있다.

여하튼 모든 사람들은 게임을 할 때나, 실질적인 일을 할 때나, 다음과 같은 마음에 휩싸이게 된다. 그것은 "무슨 일이 있어도, 어떻게든 이기고 만다."이다. 만약 경기 중에 누군가 피해를 보거나, 무언가 파괴된다 해도, 일단은 이기고 봐야 하는 것이다. 이런 식으로, 모든 존재는 승리를 쟁취하고 있다.

그러나 아무리 성공한다 해도, 자신의 책임으로부터 오는 압박감은 육체적으로나 정신적으로 긴장감을 갖게 하는 원인이 되기 때문에, 오히려 점점 더 강한 속박을 당하는 것처럼 느끼게 될 것이다. 창조적이고 영향력 있는 능력이 어떤 한계에 부딪치면, 우리는 절망하게 되고 긴장과 두려움에 빠지게 된다.

근본적으로, 우리는 고통과 외로움에서 진정으로 벗어나기 원할 때까지, 자신에게 오는 고통스러운 상황을 무작정 피하기만 한다. 주말이면 여행을 떠나고, 어떻게 저녁 시간을 보낼 것인가를 계획한다.

그럼에도 불구하고, 우리의 정신적인 고통과 내면적인 불안함은 계속된다. 고통의 원인은 자신의 태도와 행동에서 비롯된다는 것을 인정하기는 싫겠지만, 무시할 수는 없다. 결국 우리는 극단적인 절망에 빠진 후에야, 변화의 필요성을 깨닫는다.

어쩌면 우리는 내면적인 길을 가기 원할는지도 모른다. 그러나 그렇게 하기 위해서는, 먼저 직업을 버리고 자신의 지위를 포기해야만 내면적인 길을 갈 수 있다고 생각할 것이다. 그리고 자신이 바라는 것은 그렇게 말하는 것처럼 결코 쉽게 얻을 수 없다고 단정짓는다. 우리는 일생동안 많은 아름다운 꿈을 이루려고 하지만, 원하는 것만큼 다 이루지는 못한다.

동서고금을 막론하고, 사람들은 언제나 정신적인 발전을 위해서는 아무 노력도 하지 않는다. 다만, 막연하게 미래에 대한 꿈만 꾸면서 삶을 보내 버린다. 그럴수록, 내면적인 발전을 위해 의지를 다져야 한다.

현대의 과학은 인간에게 유용한 것을 만들어 낸다는 목적 하에, 아직 개발되지 않은 불모지를 향하여 과도한 경쟁을 하고 있다.

우리는 현대화된 도시 사회의 규칙과 제약을 준수하기 위하여 늘 긴장된 생활 속에서 살고 있다. 현대 사회는 제약을 준수하지 않고서는 매우 살아가기 어려운 구조로 되어있기 때문에, 우리는 물질적이 아닌 정신적인 세계를 일순간 모색했다가도, 그 마음을 계속 유지하지 못하는 것이다. 그것은 어떤 불가능한 과정을 겪어야 하기 때문이 아니라, 자신에 대한 용기와 믿음이 부족하기 때문이다.

우리는 자신의 에고에서 벗어날 수 있는 경험을 할 수 있다. 그러나, 계속적으로 발전될 수 있는 자신의 능력과 잠재력을 미리 무시하고 만다. 결국, 많은 사람들이 진실을 발견하려고 시도하지만, 성과를 이루는 경우는 극히 드물다.

그것은 정신적인 힘이 물질적인 힘보다 약해서도 아니고, 가르침에 문제가 있거나, 우리가 정신적인 것을 이해할 능력이 없어서도 아니다. 문제는, 대부분이 습관적으로 생각하는 방식이 정신적으로 올바른 태도와 매우 다르기 때문이다. 그리고 우리 자신 또한, 그 두 가지 속에서 갈등하고 있다는 것을 알고 있다.

우리의 감각은 세속적인 것에 매력을 느끼지만, 이성과 직관력은 정신적인 방향을 따라가라고 외친다. 왜냐하면, 궁극적으로 이성이 앞선 정신적인 방향을 따르는 것이, 더욱 만족스럽고 의미 있기 때문이다. 그렇게 우리는 서로 다른 두 방향 속에서 늘 갈등하고 있다.

잠깐 동안은 정신적인 방향으로 전진할 수도 있겠지만, 그런 다음에는 곧, 난관에 빠지게 된다. 왜냐하면 환상과 기대는 결코 이뤄지지 않는 것이라고 미리부터 생각하거나, 스스로 그것에 대하여 충분히 알고 있다고 생각하기 때문이다. 그리고는 주저 없이, 이전의 낡은 방식으로 다시 되돌아간다. 그러나 여전히 많은 문제들이 남아있다. 우리는 자신의 기대와 실제의 경험 사이에서 많은 괴리감을 느끼면서, 자신이 정신적인 삶을 추구하기 위해, 쓸데없이 너무 많은 시간을 허비했다고 생각한다. 그러나 우리가 오로지 물질적인 길을 따라간다면, 결국 영원히 사라지지 않는 정신적인 공허감을 겪게 될 것이다.

우리가 진정으로 변화하기 시작한다면, 전에 살았던 삶의 방식으로 다시 돌아가지 않을 것이다. 심지어 돌아가기를 원한다 할지라도 말이다. 변화의 긍정적인 힘은 끊임없는 추진력을 만들어낸다. 정신적인 길은 바로 여기에 있다는 것을 스스로 깨닫게 되면, 자신이 어디에 있던지 길을 잃지 않을 것이다. 그 길은 고의적으로 계획하는 것이 아니라, 자연스럽게 펼쳐지는 것이다.

삶의 고통과 절망을 깨닫는 과정을 통하여, 우리는 자신의 삶을 되돌아보고, 바로 대면할 수 있게 될 것이다. 삶에 있어서, 어떤 어려움이나 장애물이 생기더라도, 우리는 정신적인 방향을 잃지 않으며, 그것을 직접 대면하고, 절대로 포기해서는 안 된다. 모든 것은 궁극적으로, 자신의 결정에 달린 것이다. 우리가 계속 망설이면서 아무 결정을 내리지 못한다면, 그것은 삶이라는 귀중한 시간을 낭비하는 것에 불과하다.

우리는 직접적으로나 간접적으로 에고와 자신의 고정관념을 보호하기 위해 끊임없이 노력하고 있다. 그러한 습성을 버리기는 대단히 어려운 일이기 때문에, 우리는 자신의 에고를 손상시키지 않고, 명상이나 인내심마저도 요구하지 않은 방법으로 내면적인 발전을 이루고 싶어할는지도 모른다. 만약에 우리가 아무 것에도 애써 힘들일 필요가 없었더라면, 우리는 모든 것을 정말로 쉽게 사랑할 수 있었을 것이다.

그러나 불행하게도, 모호함에 대한 요소를 극복하지 않고, 명확한 시야를 갖지 못한다면, 실질적인 발전은 어렵다. 심지어 자신이 아무리 명확하게 생각한다고 여겨도, 그것은 실제로 황급히 내린 판단이거나, 정체불명의 어떤 느낌에 의한 것일 때가 많다. 게다가, 우리는 자신이 정확한 시야를 갖고 있는지 관심조차 없을 때도 많다. 만일, 그것이 우리가 존재하는 수단이라면, 어떻게 현실을 자각할 수 있겠는가?

높은 수준에 도달한 스승들은 살아있는 위대한 자비심을 가지고 모든 존재를 바라본다. 왜냐하면, 그들은 모든 존재들이 집착으로 인해 얼마나 피폐되었는지를 알기 때문이다. 대부분의 사람들은 삶의 의미를 깨닫거나, 그 방향성을 찾지 못한다. 우리는 자신의 욕망을 충족시키고 싶어한다. 그리고 매우 흥분되고, 감각적인 것에 몰입한다. 마치 불꽃에 유인된 나방이 결국 불타버리는 것처럼, 그런 식으로 쾌락을 추구하는 것은 자신의 에너지를 모두 소모시키는 것과 같다.

갈망과 집착을 통한 만족은 끝이 없다는 것을 인식하지 못한다면, 우리는 스스로 더 큰 고통을 만들어 낸다. 그리고 고통을 피하기 위해 전력을 다한다.

우리는 어쩌면 잇몸에서 피가 날때까지 뼈다귀를 물어뜯는 이빨 없는 늙은 개처럼 될는지도 모른다. 그 개는 잇몸에서 나오는 피의 맛을 보면서, 이렇게 생각한다, "야, 이렇게 맛있는 뼈다귀에서 어떻게 이런 국물이 나올까!"

우리는 현재 자신이 하고 있는 일보다 더욱 보람 있고 가치 있는 일이 있다고 생각하면서, 자신만의 게임을 계속 할것이며, 에고에 의해 지배당할 것이다. 사람은 누구나 자신의 습관적인 삶의 방식을 변화시킬 수 있는 기회를 가지고 있다. 그런데도, 왜 그런 기회를 져버리는 걸까? 왜 자신의 삶을 방치해두는 걸까?

우리는 자신이 성장하는 것에 두려움을 갖고 있으며, 그에 따른 막중한 의무를 지키는 것에 대해서도 자신감이 없다. 표면적으로는 자신이 성장하기를 원한다고 생각할지 모르지만, 마음 속 깊숙한 곳에서는, 성장과 변화란 자신에게는 맞지 않는 것이라고 생각한다.

그런 식으로, 우리가 아무리 다른 사람들과 더욱 긍정적이고 즐거운 기분을 갖으려고 노력한다 해도, 결국 그 모든 행동은 소모적인 것이 되어 버리며, 아무 결과도 얻지 못하게 된다.

예를 들어, 우리가 앞으로 명상을 하겠다고 결심한다고 하자. 우리는 명상을 하기 위한 모든 준비를 할 것이다. 방을 정리하면서 홀가분한 기분으로 자신을 고무시킨 다음, 자리에 앉아서 다음과 같이 생각할 것이다.

"나는 고요해질 것이다. 집착이나 생각에 휩싸이지 않고, 완전히 편안하고 각성된 채로……" 그러나 명상이 끝나고 나면, 우리는 다시 복잡한 게임에 골몰한다.

우리는 현재에 일어나는 마음을 계속 유지하는 경우는 거의 없으며, 잠자는 시간을 제외하고는, 과거의 기억들이나 미래의 계획들 속에서 생각들이 늘 바삐 움직이고 있다. 자신을 위하여 십 수년동안 공부를 하고 난 다음에도, 자신을 위해 끊임없이 준비하고 노력하게 한다. 너무나도 열심히 노력하지만, 그것은 결코 진정한 시작이 아니다.

그럼에도 불구하고, 경험이란 최고의 스승이기 때문에, 우리는 지나온 모든 고통과 좌절, 그리고 혼돈으로부터 막대한 분량의 가르침을 얻을 수 있는 것이다. 결국, 우리는 자신을 구속하는 집착과 부정적인 감정들에 몹시 지칠 것이며, 자동적으로 변화할 것이다. 그러나 우리가 첫 번째로 할 것은, 자신의 행동의 결과에 대하여 이해하고 자각하는 것이다.

삶이 끝나고 난 후에도, 행동에 대한 결과는 계속된다. 과거에 대한 후회와 미래에 대한 희망, 그리고 현재에 대한 혼란이 동시에 겹쳐있는 삶 속에서, 고통과 집착의 극단적인 양단 사이에 걸려있다. 자신의 괴로움과 혼란을 받아들이기 위해서는 엄청난 용기가 필요하다. 그러나 우리는 스스로 고통을 만들어내기 위하여 자초한 모든 시간, 바로 그 시간을 사랑한다.

우리는 마치 고통에서 빠져 나오기 위해, 정말 아무 준비도 하지 않는 것처럼 보인다. 그런 착각들 속에서 이루어진 모든 느낌은 자신의 에고 속에 축적된다. 그리고 에고 속에 축적된 것들은 우리의 삶 속에서, 대개 부정적인 양상들로 나타나게 되며, 다시 고통의 원인으로 작용한다.

우리는 있는 그대로 자신의 일상을 관찰하고, 자신의 나약함과 문제들은 정면으로 대할 필요가 있다. 우리가 그것을 '정신적인 길' 이라고 하던 '종교' 라고 하던, 그런 것은 중요하지가 않다. 문제는 똑바르고 정직하게 행동해야 한다는 것이며, 우리의 마음이 어떤 게임을 하더라도 자유로워져야 한다는 것이다.

우리가 정직하고 신중하게 진리를 사랑한다면, 자신의 삶에서 혁명을 일으킬 수 있다. 맹목적으로 어떤 특정한 원리를 신봉할 필요는 없다. 그러나 내면의 소리에 귀를 기울이고, 자신의 경험 속에서 찾아낸 진리를 따른다면, 자신이 나아가는 길에 발전을 이룰 수 있다.

과거에 무슨 일이 있었든지, 우리는 자신의 발전된 미래를 설계할 수 있다. 그리고 정직하고, 현명하게 행동한다면, 실제로 더욱 가치 있는 성과를 볼 것이다.

우리가 정직해야 하는 이유는, 최선의 길로부터 자신을 보호할 방법을 배워야 하기 때문이며, 현명하게 행동해야하는 이유는 극복해야 할 장애들이 많기 때문이다. 만일 우리가 정직함만을 갖는다면, 삶을 바로 직시하고, 의미 있는 변화를 추구하기는 어려울 것이다. 그 대신에, 자신의 실수를 무마시키려 하고, 곤란한 상황을 피하기 위해 극단적으로 자신을 기만할 것이다. 진정으로 내면적인 평화와 조화로움을 찾는다면, 가장 먼저 정직한 마음으로 삶을 대해야 할 것이다.

의무의
이행

우리는 모두 행복하고, 충만한 가치 있는 삶을 원한
다. 그러나, 우리가 거의 매일 아침을 걱정스러운 마음으로 깨어나
서, 절망감을 느끼며 하루를 소모한다면, 그야말로 삶은 무의미하
다. 우리는 어쩌면 에고를 충족시키기 위한 자신의 다양한 모습 중
에서, 순간적으로 안도감이나 쾌감을 느낄 수도 있다. 그러나 일시
적인 쾌감은 덧없이 지나가는 것이다. 대신에, 자신을 위한 진정한
의무를 이행하고, 조화롭고 균형 잡힌 삶을 살아간다면, 삶은 전체
적으로 그 방향성을 찾을 것이며, 가장 어려운 상황에서도 자신을
지킬 수 있는 내면의 자유를 경험할 것이다.

우리가 하루 동안 시간을 어떻게 보내는지 살펴 보라. 우리는 자
신이 원하지 않는 일을 할 때는 계획을 세우지 않기 때문에, 매일
매일이 정신 없이 분주하거나, 쓸데없는 걱정이나 공상 속에서 보

내는 때가 많은 것처럼 생각된다.

매일매일 반복되는 일상들은 삶을 구성하는 고리들로 연결되어 있다. 그렇기 때문에, 우리는 부유해지거나 권력을 얻기 위한 특정한 목적뿐만 아니라, 매순간 자신이 할 일이 무엇인가에 대하여 인식해야만 한다.

지금처럼 어느 누구도 책임을 회피하고, 물질적으로 풍요로운 이 시대에, 대부분의 사람들은 진정한 삶의 기회를 갖지 못한다. 진정으로 마음을 열고 능동적인 태도를 갖는다면, 자기 자신을 보호하기란 그리 어려운 일이 아니다. 만일 우리에게 200~300명의 요구를 들어주어야 할 의무가 주어진다면, 그에 따른 갖가지 문제들은 엄청날 것이다.

그러나 오직 단 한 사람만을 보호해야 한다면, 문제는 그렇게 어렵지 않을 것이다. 우리의 몸무게는 45~100㎏에 지나지 않으며, 키도 대부분 150~180㎝ 정도이며, 게다가 머리 속에 들어있는 문제들이란, 고작해야 20㎝ 정도 너비의 뇌 속에 들어있을 뿐이다. 그러나, 어려운 것은 그 20㎝ 뇌 속에 들어있는 문제들의 해결 방법이다.

많은 사람들이 그렇듯 우리가 성장하면서, 어떻게 주어진 의무를 이행해야 하는지 배운 적이 없다. 그리고 십 수년 동안의 학창시절 동안에 얻은 지식은, 삶이라는 실질적인 단계에서, 충분한 가치를 지니지 못한다. 그렇기 때문에, 우리는 성인이 되어서도 자신의 삶을 의미 있고 조화롭게 이끌어 가는 방법을 좀처럼 터득하지 못하는 것처럼 말이다.

비록 우리가 자신에 대한 충족감과 의무에 대하여 심사숙고한다 해도, 자신의 감정을 다루지 못하고, 에고가 자신의 감정을 붙잡고 있다는 사실을 이해하지 못한다면, 그것은 자기 자신을 속이고 있는 것일는지 모른다. 우리가 어떤 위기에 직면했을 때, 그것이 내면의 힘이든 아니든, 그런 위기를 극복해 나가는 과정을 통해서, 자신의 내면적인 힘이 눈부시게 발전한다는 것을 알게 된다.

이따금 우리는 자신에게 일어나는 갈등을 해소하기 위해, 다른 사람들을 비난하면서, 자신의 문제는 간접적으로 다루려고 한다. 그러한 태도는 자신을 혼란스럽게 하며, 분위기를 음울하고 부정적으로 만든다. 다른 사람들을 비난하는 것은 쉬운 일이지만, 자신의 나약함과 실수를 바로 대면하고 극복하는 것은 대단히 어려운 일이다.

그렇기 때문에, 우리는 어떤 문제가 발생할 때, 그 문제를 정면으로 바라보지 않고, 잠시 동안이라도 도망쳐 있으면, 어떻게든 알아서 문제가 해결될 것이라고 생각한다. 또는, 종교적인 길을 따르게 되면, 다른 사람들과 얽힌 문제로부터 탈출할 수 있을 것이라고 생각한다. 그러나 궁극적으로, 자신의 책임을 회피하고서는 문제를 해결할 방법은 어디에서도 찾을 수 없다.

자신이 직접 불평과 난관을 이겨낸다면, 정신적인 행로를 가는 데에 있어서 낭만적인 생각들은 더 이상 존재하지 않는다. 자신에게 중요한 것이 무엇인지 아는 것은, 자신에 대한 의무를 다하는 것이며, 그리고 자신의 생각과 느낌, 행동에 대하여 언제나 인식하는 것이다.

우리는 자신의 문제점을 통해, 삶의 의미와 가치를 발견한다. 그리고 자신의 잠재력을 영향력 있게 다룰 수 있게 된다. 단순한 말 같지만, 어떤 때는 그 문제들을 잠시 잊는 것만으로도 도움이 된다. 문제들을 잊어버리는 과정 속에서, 우리는 자신의 관점이 너무 좁은 쪽으로 끌려 다니고 있다는 것을 알게 된다. 걱정과 근심, 그리고 불행은 그 자체로 내면의 조화와 발전에 장애가 되는 것이며, 스스로 어려움을 처리하고 극복하지 못하도록 끊임없이 방해하는 조건들이다.

해로운 것과 이로운 것을 구별하지 못할 때, 우리는 정신적으로 혼란스러워진다. 정신적으로 혼란스러워지면, 자신에게 얽혀있는 감정적인 주기와 습관적인 태도들을 무너뜨리기는 점점 더 어려워지는데, 이런 상황은 사람들이 복잡한 조건 속에서 무수한 갈등이 밖으로 노출될 때, 특히 많이 나타난다.

그러므로, 자신에게 나오는 감정의 힘이 어떠한지 인식하는 것은 중요한 일이며, 자신의 주변을 긍정적이고 밝은 분위기로 만드는 것은, 다른 사람들에 대한 의무를 지키는 것이다. 주위 사람들에게 즐거움을 주는 태도는, 절망적이고 외로운 자포자기의 상태를 완화시키고 분위기를 활기차게 전환시킨다.

또한 자신과 다른 사람들과의 관계는 이러한 변화를 통하여 자연스럽게 개선될 수 있으며, 더 나아가 사회 전체가 더욱 긍정적이고 조화로운 모습으로 전환될 수 있다.

우리의 감정들을 살펴보면, 그것들은 전염성이 매우 강하다는 것을 알게 된다. 누군가 웃고 있을 때에는, 우리도 기쁜 것처럼 느껴진다. 반면에 누군가 울고 있을 때는, 우리도 역시 슬프게 느껴진다. 누군가 의기소침해져 있을 때에도, 마찬가지로 느껴진다. 부정적인 요소들은 감염되는 질병과 같다. 예를 들어, 어떤 사람이 부정적인 생각을 가지고 있으면, 다른 사람들 또한, 그 생각에 동요되면서 부정적이 된다.

우리의 마음과 이성이 온전하게 전환될 수 있도록, 우리의 인식을 발전시킬 수 있는 시간을 갖도록 한다. 그러면 자신을 슬프게 하고, 혼란스럽게 하는 것들에게 시간을 낭비하지 않게 될 것이다. 그리고 바로 그 때, 우리는 자기 자신에 대한 의무를 이행하기 시작할 수 있다. 자신에 대한 의무는 어떤 알 수 없는 미래를 위한 이상이나 목표가 아니다. 그것은 매우 현실적인 것이며, 지금 바로 시작할 수 있는 것이다.

삶은 끊임없이 움직이고 있으며, 계속적으로 변화하고 있다. 한 순간이 지나가면, 반드시 다른 새로운 것이 찾아오게 되며, 새로운 것은 결코 지나간 것과 같은 것일 수 없다. 모든 순간 우리의 몸은 자신도 모르는 사이에, 육체적으로나 심리적으로 변화를 겪는다. 이러한 변화를 의식하게 되면, 우리는 더욱 쉽게 온전한 삶을 살 수 있게 되고, 다른 사람들과의 유대관계에서도 긍정적인 방향에 설 수 있게 된다.

그러나, 우리가 삶의 행복에 대하여 인식하지 못하다가도, 자신의 삶이 반 이상 정도 지나서야, 그것에 대해 갑작스레 깨닫게 될는지도 모른다. 그렇게 되면, 자신의 긍정적인 성향을 발전시키거나, 어떤 압박으로부터 자유롭게 되면서, 삶으로부터 작은 진전이 일어나기 시작할 것이다. 삶이란 끊임없이 움직이는 것이기 때문에, 우리는 매 순간을 잘 이용할 필요가 있다.

매순간을 잘 이용한다는 것은 매우 중요하다.

첫째는 우리가 무엇을 하고 있는지 바라보고 생각하는 것이다. 그 다음은 부주의하게 행동하지 않는 것이다. 명료함과 자기 확신으로부터 나온 능동적인 자세는 매우 긍정적이다. 그러나 너무 자주, 별 생각 없이 무언가에 반응하는 것은, 마치 바람 부는 대로 나부끼는 천 조각과 같은 것이다.

아무 확신도 없는 능동적인 행동은, 그 내용을 알기가 어렵기 때문에, 혼란스럽고 당황할만한 결과만을 초래할 수도 있으며, 명확하지 않은 마음으로 인해 극단적인 상태를 가져올 수도 있다. 그러므로 우리는 충동을 자제해야 하며, 대신에 확고한 내면의 힘에 의존해야 한다. 대부분의 사람들은 여전히, 당장 매혹적인 것을 더 좋아하고, 결과에 대하여 심사숙고하지 않는다.

여기 한 이야기가 있다.

옛날에 어떤 원숭이 나라의 왕이 거대한 협곡의 절벽 아래의 강물을 내려다보고 있었는데, 그 강물에는 달이 훤히 비치고 있었다. "오, 무슨 보석이 저리도 아름다울까, 저것을 반드시 내 손에 넣어야겠다!"하고 왕은 생각했다. 왕이 다른 원숭이들에게 그 말을 했을 때, 그 원숭이들은 모두 그것을 얻기는 매우 어려운 일이라고 대답했다. 그러자 왕은 자기에게 좋은 생각이 있다면서 말했다. 처음에 한 원숭이가 나무에 매달려 있고, 다음에 다른 원숭이들이 각자 자기 앞에 있는 원숭이의 꼬리를 단단히 잡고서, 줄지어 긴 사슬을 만든 다음, 강이 있는 아래쪽으로 내려보내면, 그 보석이 있는 곳까지 갈 수 있다고 말이다. 그리하여, 오백 마리나 되는 원숭이들이 한 마리씩 매달려, 그 강물이 있는 곳까지 내려가게 되었다. 그런데 나무에 매달린 원숭이가 너무 많은 나머지 그 무게 때문에, 결국 오백 마리 원숭이가 모두 물에 빠져 죽고 말았다.

마찬가지로 어떤 행동을 할 때, 그것에 대하여 미리 면밀하게 생각하고 조심스럽게 행동하지 않는다면, 자신의 환상적인 생각이나 무모한 꿈, 자기본위의 아집 등에 사로잡히게 될 것이며, 그러한 비현실적인 요소들은 삶 속에서 언제나 갈등의 원인을 제공할 것이다. 우리가 어떤 행동을 할 때, 깊이 생각하지 않고, 실질적인 방향성을 가지지 않고 모호하게 행동한다면, 지금 현재의 상황보다 더욱 곤란한 상황에 휘말리게 되는지도 모른다.

그러므로 우리의 몸과 그 감각들에 대하여 인식한다는 것은, 미래의 꿈에 대한 흐릿한 안개를 걷어내는 것이며, 과거의 기억들로부터 자신을 구해내는 것이다. 감상적인 낭만주의에서 벗어나야 한다.

중요한 것은, 자신의 마음속에서 일어나고 있는 상황을 의식하는 것이다. 일단, 자신의 몸과 마음의 균형을 찾기 시작하면, 삶이 어떤 식으로 펼쳐지더라도, 우리는 그것을 안정되게 유지할 수 있다.

일상적인 삶 속에서도, 우리는 자신을 교육시킬 수 있다. 자신의 생각들을 분석하고, 생활 속에서 일어나는 사건들을 검토해 보라. 그리고 모든 순간 깨어있도록 실천하라. 우리가 매일매일, 안정감을 가지고 신중하게 행동한다면, 자신의 내면에 있는 순수하고 건강한 본바탕이 발전될 것이며, 삶 속에서 겪게되는 모든 혼란스런 과정들은 점차 사라지게 될 것이다.

우리는 단순히 외부적으로 보이는 것에, 더 이상 마음을 뺏기지 않을 것이며, 삶에 있어서 실질적인 만족감을 얻게 될 것이다. 자신의 의무를 다하는 가장 좋은 방법 중의 하나는, 삶에 대한 올바른 인식을 가지고, 모든 상황을 있는 그대로 직시하고, 바로 대면하는 것이다.

우리의 마음이 열리면, 모든 존재는 본연의 아름답고 조화로운 모습으로 자연스럽게 다시 태어난다.

마음
열기

모든 정신적인 가르침은 본질적으로 우리의 마음에서부터 일어나는 것이다. 우리의 마음이 자연스럽게 일어나기 시작하면, 그것은 실제로 모든 가르침의 원천이 된다. 삶의 명확성을 인식시키고, 영적인 자양분이 되어주며, 넘치는 화해의 에너지를 불어넣어 준다. 이와 같이, 마음이 내면의 소리를 듣는 것은 매우 중요한 일이다.

그런데 일반적으로 명상에 관해 연구한 내용을 보면, 우리의 생각과 느낌에 대하여 단지 피상적인 내용만을 설명하고 있는 경우가 많다. 우리는 대부분 자신의 삶을 한낮 꿈처럼 보내거나, 외적인 쾌락에만 집착하면서 보내 버린다.

이렇게 비현실적으로 환상만을 추구하는 것은, 스스로 자신에게 최면을 걸어서, 진정한 내면의 느낌이 일어나는 것을 방해하는 일이다. 그렇게 되면, 내면의 느낌은 계속 충족되지 않은 상태로 남아있게 되며, 그로 인한 절망의 층은 더욱 두껍게 쌓이게 된다. 다시 말해, 우리가 꿈에 그리는 환상이란 것은, 우리의 몸과 마음의 사이에 틈을 만들어내는 원인이 된다.

막연한 기대감을 가지고, 환상적인 생각만을 추구한다면, 자신의 삶에 대해 더욱 실망하게 될 것이다. 그런 실망감은 우리의 마음을 영영 닫혀버리게 할 수도 있다. 마음이 닫히면, 자신의 삶은 오히려 텅 빈 것처럼 보일 것이다.

우리는 그런 허전함을 메우기 위해, 책을 읽거나, 사랑하는 사람들의 조언을 듣기도 할 것이다. 그리고, 물질적인 것이란 모두 무가치하다는 생각에 기울여질 것이다. 무언가 충족되지 않은 느낌은 여전히 남아있을 것이며, 걱정과 근심도 사라지지 않는다. 오락거리는 더 이상 어떤 만족감도 주지 못할 것이며, 자신을 실망시키지 않을, 아름다운 것은 어디에서도 찾아내지 못할 것이다.

사랑은 달아나 버리고, 어떤 것도 의미 있거나 가치 있어 보이지 않는다. 우리는 어리석은 문제들 속에서, 원인 모를 불안함과 두려움으로 인한 긴장감 때문에 고민하면서, 그런 답답한 상황에서 벗어나기 위해 발버둥칠 것이다. 정말이지, 우리는 아무도 모르게 혼자서 울고있는 것일지도 모른다.

바다 속에는 수많은 바위들이 있다. 그것은 수 만년 동안 물로

덮여 있었지만, 바위는 물과 직접 맞닿아 있는 면을 빼면, 그 안쪽은 마른 채로 있는 것이다. 간단히 말하자면, 우리는 다양한 이성과 철학을 동원하여 자기 자신이 누구인지 알려고 할 것이다. 그러나, 우리의 마음이 차갑게 닫혀있다면, 진정한 존재의 의미는 우리에게 진지하게 접근할 수 없다. 우리가 어디에 있던지, 무엇을 하던지, 자신의 마음을 열지 못한다면 그 누구도, 심지어 아무리 위대한 스승이라도, 우리에게 다가오지 못할 것이다.

우리가 다 자란 성인이라 할지라도, 각자의 내면 속에는 아직 자라지 못한 어린 것들이 있다. 그 어린 것들은 성장하고, 마음껏 돌아다니고 성숙하기를 원하지만, 그에 맞는 적당한 영양분이 부족하다. 영양분을 얻을 방법은 오직, 자신이 끊임없이 집착하는 이유에 대하여 인지하는 것뿐이다. 우리는 만족감을 얻기 위해 끊임없이 집착한다.

가끔씩, 우리는 걱정을 잊고 편안해지는 것을 느끼기도 하지만, 기억들은 곧, 새로운 욕망을 만들어낸다. 우리는 새로운 마음으로 자신을 만족시켜줄 만한 것을 찾기 위해 과거의 경험들을 되살려보기도 한다. 그러나 삶의 대부분은 여전히 희망이 없고 절망적으로 보인다.

모든 사람들이 아무리 행복을 갈망해도, 대부분 그 목적을 이루지 못한다. 왜냐하면, 기대와 절망이란 끝없이 순환하기 때문이다. 이러한 순환을 끝내려면, 자신의 욕망과 집착을 버려야만 한다. 욕망과 집착으로부터 벗어나면, 정신적으로 성장하면서 진정한 즐거움을 찾게된다. 마치 꿀벌들은 꽃에 앉아 즙을 빨아들이지만, 활짝

핀 꽃에는 결코 집착하며 매달리지 않는 것처럼...

우리는 자신과 상대방과의 관계를 계산하거나, 자신의 득실에 대하여 생각할 필요가 없다. 우리가 해야 할 것은 자신의 느낌과 편안함, 고요함과 즐거움만을 확장시키는 것뿐이다. 우리는 자신을 가두고 있는 에고(ego)로부터 벗어나, 어떤 것에 대한 예측과 판단, 외적인 신분으로부터 자유로워져야만, 자신의 인식을 넓힐 수 있다. 만약 이것이 가능하다면, 진정으로 성장하기 시작한 것이다.

자신이 가지고 있는 기대감이 가져다주는 것은, 오직 실망과 좌절뿐이라는 사실을 명확하게 인식한다면, 끊임없는 욕망은 더 이상 우리를 붙잡을 수 없을 것이며, 우리의 마음은 더 많은 경험으로 더욱 더 열릴 것이다. 우리는 어디에서나 진정한 만족감을 얻을 것이며, 소박하게 산책을 하면서도, 이전의 어떤 쾌락보다 더 큰 즐거움을 맛 볼 것이다.

그러나 우리가 마음을 열어놓을 때까지는, 자신을 지탱시킬 어떠한 명안이나 내적인 온화함을 충분하게 가지지 못한다. 만일 우리가 마음의 위안을 찾지 않고 확신과 소신을 갖추지 못한다면, 어느 누구도 우리 자신을 궁극적으로 도와줄 사람은 없다.

자신의 내면에서 우러나오는 느낌과 생각, 그리고 마음의 소리에 귀기울이기 시작하라. 그리고 자신의 내면에서 일어나는 것들에 유념하지 말라. 처음에는 자신이나 다른 사람들에 대한 깊은 원한 때문에, 자신의 직접적인 경험을 거부하고, 주관적으로 판단하기도 하며, 어떤 일에 대해서는 무디고 냉정하게도 느끼는데, 그것은 자신의 마음을 꽉 조여 놓고, 모든 일을 어렵게 생각하기 때문일 것이다.

중요한 것은, 아주 온화하고 편안하게 자신의 느낌에 마음을 열고, 그 마음에 완전히 귀를 기울이는 것이다. 실제로 우리는 자신의 마음이 얼마나 빠르거나 느리게 작동하는지 잘 모른다. 그러나 자신의 생각이나 관념을 딴 데 기울이지 않고, 내면의 소리에 귀를 기울인다면, 자신이 더욱 즐겁고 편안해지고 있다는 것을 실제로 알게 될 것이다.

아주 예민하고 섬세한 사람이라면, 이따금 내면에서 들리는 고요함을 느낄 수 있을 것이다. 그것은 이상한 소리가 들리는 것이 아니라, 몸의 긴장이 풀리고, 생각들이 사라지는 상태에서 자연스럽게 나타나는 것이다.

우리의 감각이 매우 고요하고, 몸과 마음이 편안한 상태에서 집중이 되면, 이전과 다른 음색으로 듣는 것이 가능해진다. 어떤 때는 높게 들릴 수도 있으며, 날카롭거나 깊은 소리로 들릴 수도 있다. 그러나 이러한 것은, 대부분 개인적인 경험에 의해 나타난다.

실제로 열 가지의 다른 음색이 있는데, 각각의 음색은 구체적이고 뚜렷한 진동수를 갖는다. 그러나 이러한 경험에 대하여 우리가 첫 째로 해야할 것은, 스스로 완전한 주의력을 갖고 마음이 열릴 때까지, 자신의 집중력과 인식을 발전시키는 것이다.

어떤 특이한 경험을 얻어내기 위해 억지로 노력하는 것은 그다지 중요한 것이 아니다. 필요한 것은, 자신의 마음이 빗나가지 않은 편안함이며, 인식에 대하여 놓치지 않는 자세이다.

간혹, 명상 시간을 늘린 후, 자신이 매우 고요하고 무언가 달라졌다면, 그것은 자신의 몸 속에서, 아름답고 부드러운 음악소리를 듣게된 것인지도 모른다. 그 소리는 생각과 생각들 사이에 있는 고요한 음악 소리와도 같은 것인데, 명상과 자신의 감수성을 통하여, 우리는 이런 고요한 내면의 소리와 접할 수 있다.

우리가 자신의 내면 속에서 더욱 깊은 단계로 들어가기 전에, 우리는 자신을 스스로 인정하고 사랑하는 법을 배울 필요가 있다. 마음의 중심이 자연스럽게 열리게 되면, 그때부터는 관대함과 동정심, 그리고 헌신의 길을 걷기 시작하는 것이다. 그리고 몸의 여러 중심들이 열리게 되면, 어떠한 명확한 정신적, 육체적인 징후와 감정들 또한 모든 신경계에 영향을 주는 에너지를 발견할 수 있다. 우리는 실제로 자신의 마음이 어떻게 열리는지, 그리고 우리가 그것에 대하여 얼마나 친밀하게 소통하고 있는지 느낄 수 있다.

마음이 열리면, 모든 존재는 아름답고 조화로운 모습으로 자연스럽게 다시 태어난다. 이것은 그저 또 다른 환상이 아니며, 실제로 영적인 가르침의 본질이다.

마음은 우리에게 모든 지식으로서 그 모습을 드러낸다. 그때의 마음은 왜 냉정하지 않을까? 그 이유는, 에고는 자신의 두뇌를 억제하고, 마음은 그보다 훨씬 더 자유롭기 때문이다.

우리의 마음이 열리면, 어떤 문제가 일어나도 심각하지가 않다. 비록, 자신의 모든 재산과 친구를 모두 잃고, 보호해 줄 사람이 아무도 없이 홀로 남겨진다 할지라도, 우리는 자신의 깊은 느낌들과 내면의 고요함 속에서, 진정으로 자신을 지탱시키는 것이 무엇인지 찾을 수 있다.

또한, 우리 내면에 축적되어 있는 자원들을 최대한 이용함으로서, 감정적인 상황과 이성적인 상황 모두 쉽게 대처할 수 있게 한다. 그것은 우리가 주변에서 드라마처럼 벌어지는 사건들에 더 이상 휘말려들지 않을 만큼의 판단이 섰기 때문이다. 심지어 죽음을 대면해야 할 때에도, 우리는 평화롭고 고요하며 안정된 상태를 유지할 수 있다.

우리는 자신의 온화함과 긍정적인 느낌들을 북돋을 필요가 있다. 이러한 온화함은 우리를 종종 불안하게 하고 당황하게 하는, 표면적이고 감상적인 친절함 같은 것이 아니다. 진정으로 열려있는 온화함이란, 마음의 중심에서 나온 깊이 있는 헤아리는 마음, 즉 동정심이다. 그리고 그것은 우리 내면의 신성한 장소이며, 고향인 것이다.

마음의 중심이 열리면 모든 장애는 녹아버리며, 정신이나 직관은 우리의 몸 전체로 완전히 퍼진다. 그리고, 모든 존재는 생생하게 다가오는 것이다. 이러한 정신은 인간의 에너지의 본질 또는 진리의 본질이라고 불린다. 그러나 그렇게 불리는 모든 것들도, 우리 자신에게 스며들도록 허락하지 않는다면, 비록 몸은 활동적일지라도, 마음은 굳게 닫힌 채로 남아있을 것이다. 그리고 스스로에게는 무언가에 가려진 낯선 존재로 살아가게 될 것이다.

자신의 생각과 마음 그리고 직관에 의한 행동이 모두 융화될 수 있다면, 우리는 삶의 진정한 의미를 찾을 수 있다. 감정적인 차이점과 문제점들은 자동적으로 줄어들 것이며, 영감과 통찰력, 행동의 동기와 내적인 강인함을 어느새 발견할 것이다.

우리는 자연스럽게 자기 자신의 영양분이 되고, 자신감을 동기부여 하는 사람이 되며, 스스로에게 가장 막역한 벗이 될 것이다. 지금 자신의 마음속에서 무슨 일이 일어나고 있는지 살펴 보라. 그것이야말로 자신의 삶에 대한 진리를 경험하는 것이며, 우리가 해야 할 가장 근본적인 준비이다.

동정심의
성취

우리는 태어나는 순간부터, 자신이 당하는 고통과 혼란에 대하여 매우 잘 알게 된다. 그러나 많은 세월이 지난 후에도, 다른 사람들의 고통에 대해서는 잘 알지 못한다. 우리의 지식이나 정보에 대한 전달능력은 자신과 매우 밀접한 사람들과의 관계에서도 한계가 있기 때문에, 진정으로 다른 사람들을 이해하기는 쉬운 일이 아니다.

몇 백명, 또는 몇 천명의 사람들이 서로 인접해 살면서 많은 기본적인 문제점들을 공유한다 할지라도, 다른 사람에 대해서 많은 걱정은 하지 않는다. 그렇더라도, 대부분은 자신과 다른 사람들을 만족시키고 이해하기 위해 늘 방법을 모색한다. 하지만 일반적으로 우리가 찾는 방법들은, 대개 이미 알고 있는 정보가 대부분이다. 또한, 그 정보의 개념과 이론들도 인간의 발전과 이해에 대한 배려는 찾아보기 어렵다. 그러나 우리는 그런 정보들을 연구하면서, 진정한 지식을 발견하고 있다고 생각한다.

우리가 내면적인 성장과 발전에 실제로 도움되는 것이 무엇인지 안다면, 그것은 우리에게 진정한 지식이 될 것이다. 만일 그렇지 않다면, 우리는 세월이 흘러, 매년 똑같이 단조로운 생활 방식을 따라가며, 누구에게도 실질적인 이로움을 주지 않는 낡은 정보를 교류하며, 자신의 삶을 낭비하게 될 것이다. 그러므로, 지금 당장 자신의 삶을 세밀하게 관찰하고, 내면에 있는 지식과 이해심으로부터 이로움을 구하는 것이 가장 중요하다.

누구보다 더 '자신'을 잘 아는 사람은 '자기 자신'일 것이다. 그러한 자신을 솔직하게 들여다보면, 외적으로 보이는 자신의 삶은 행복하고 편안하게 보일는지 모르지만, 진심으로 자신의 삶에 만족하고 있지는 못할 것이다. 마치 아무 걱정도 없는 사람처럼 매사에 웃으면서 행동할지라도, 우리는 자신을 진정으로 도와주고 올바르게 인도해 줄 사람은 아무도 없다는 사실에, 상심하고 있는지도 모른다.

자신의 지위나 고정관념을 지속시키는 것은, 누구도 들어올 수 없는 철저한 자신만의 세상 속에서, 자기만의 작은 은신처를 만들고, 그 속에서 자신을 영원히 고립시키는 것이다.

우리는 실패와 좌절뿐만 아니라 모든 쾌락을 경험하며 살아간다. 또한, 우리는 밖으로 표출하려고 한다면 아무도 모르게 어떤 오해라도 만들어낼 수 있다. 마치 우리가 원망하고, 분개하는 마음과 옹졸한 생각들을 몰래 숨겨두는 것처럼 말이다.

마음 속으로는 기쁨과 우정을 함께 나눌 사람들과의 관계가 필요하다고 느끼면서도, 다른 한편으로는 곤란한 경우나 사람들과의 대립되는 충돌상황으로부터 자신을 보호하기 위해 벽을 쌓고 있다. 그런 식으로는 여간해서 우리는 다른 사람을 믿거나, 접촉하거나, 진정으로 무언가를 공유하지 못한다. 우리가 어렸을 때는, 아마도 자신의 느낌들을 조금이라도 열어놓기 위해 많이 노력했을 것이다.

그러나 그러한 과정 속에서 우리는 상처를 받았을 것이고, 아마 그 때쯤부터 마음을 연다는 것이 어렵게 느껴졌을 것이다. 우리의 에고는 너무나도 상처받기 쉽지만, 다른 사람을 이해하려는 마음은 충분하지 못하기 때문에, 결국 자신만의 세계에 고립되기 쉽다. 아직도 우리는 친구나 가족들과 차단되어 있는지도 모른다. 그러나 진정으로 자기 자신을 솔직히 들여다본다면, 스스로 얼마나 외로운지 알게 될 것이다.

우리는 거의 어떤 사람들과도 마음을 열어놓지 않으며, 누군가를 염려할 때마저도, 그것은 의무성을 띤 판단에서 나온 것이거나, 아니면 어떠한 보답을 기대하는 이기심으로부터 나온 것이다. 그러나 생각을 조금만 전환하여 다르게 바라본다면, 우리는 두려움과 외로움 속에 있는 사람들을 실질적으로 보살필 방법을 쉽게 알 수 있다.

자신을 소중히 여기는 것은, 자신을 보호하는 힘의 원천이 되기 때문에, 아무리 고통스러운 상황이라도, 그것을 발전적인 방향으로 극복할 수 있다. 자신을 스스로 신뢰하는 것은 지성과 지식을 적용하여, 삶을 더욱 조화롭게 하는데 도움을 준다. 스스로 자신을 발전시킴으로서, 우리는 자신과의 친밀감을 확립하게 된다.

그렇게 되면, 우리의 마음은 자연스럽게 열리게 되고, 내면으로부터 동정심이 일어나게 된다. 자신을 신뢰하고 자신과 화해함으로서, 우리는 진정으로 발전하기 시작하며, 다른 사람들과 자신에 대한 진정한 애정을 보이기 시작한다.

자신을 돌본다는 것은 단지, 어떤 이기적인 행동을 말하는 것이 아니라, 그것은 영적인 성질에 관한 것이다. 마음먹지 않더라도 자기애를 가지고, 자신에게 진정한 온화함을 베푸는 것은 가능한 일이다. 왜냐하면, 만족감을 얻기 위해 집착하는 것과, 자신을 돌보는 방법을 배우는 것은 많이 다르기 때문이다.

동정심이 결여된 생각과 행동들은, 이기적이고 자기본위의 만족을 추구하는 단순한 욕망에 근거한다. 그러나 진정한 동정심이란, 마음이 활짝 열린 상태에서 겸손하고 두려움 없는 행동이 있는 그대로 일어나는 것이며, 마치 해독제와 같이 우리의 에고를 완전히 녹여버린다.

동정심은 조화와 균형, 그리고 평화를 위한 정신적인 기초를 연결하는 교량이다. 에고는 마치 장애물이며, 게임을 즐기는 것, 그리고 정교하고 약삭빠른 존재로서, 본질적으로 우리의 삶을 통과한다. 에고는 육체적인 것과 정신적인 것에 모두 고착되어 있는데,

오직 동정심만이 우리를 붙들고 있는 그 에고를 무너뜨리고, 우리가 지닌 충만한 잠재력을 발전시켜 인간적인 존재로서 나아가게 한다.

우리는 자신의 고통과 외로움을 깊숙이 경험하면서, 다른 사람들이 경험하는 같은 느낌들을 상상할 수 있다. 또한 그런 고통이 현재의 삶뿐만 아니라, 많은 생애를 통해 계속해서 일어나고 있는 상황들을 알게된다. 그리고, 이러한 상황들을 가능한 전환하도록 노력해야 한다는 것을 깨닫게 된다.

세상의 모든 사람들이 자신과 함께 일상적인 삶 속에 살고 있다는 사실과, 자연스럽게 일어나는 동정심에 대한 느낌을 모두 자각한다면, 우리는 더 이상 무관심과 냉정함으로 다른 사람들을 대하지 않을 것이다. 우리는 자신과 화해하는 방법을 터득하면서, 더욱 쉽게 그들의 문제들을 이해하게 될 것이며, 실질적인 도움을 주기 위해 자신이 가지고 있는 지식을 이용하기 시작할 것이다.

자신을 스스로 보호하게 되면, 우리는 개개인의 존귀함과 유일함에 대하여 올바르게 인식할 수 있게 된다. 다른 사람들의 마음을 온화하고 기쁘게 받아들이고, 더 이상 방어적인 태도를 취하지 않는다. 이런 식으로 다른 사람들과 관계를 맺기 시작하면, 그들의 눈은 생동감이 넘치고, 그들의 얼굴이 밝아진다는 것을 쉽게 알아볼 수 있다.

동정심이 이러한 힘을 갖고 있다해도, 우리는 종종 자신의 부모에 대해서는 동정심 어린 느낌을 갖지 않는다. 그것은 아마도 우리가 어렸을 때, 부모와 자신과의 관계가 열려있지 않았거나 온화하지 않았기 때문일는지도 모른다. 그래서 아직도 우리는 그들을 거부하거나, 심지어 어떤 경우에는, 자신을 태어나게 해준 어머니를 증오하는 일까지 생기는지도 모르겠다.

그러나 부모를 위한 생각은 어떤 문명을 가진 곳에서도, 심리적인 행복감의 근본이 되는 것은 사실이다. 부모는 자식을 보호하며, 자식 또한 마찬가지이다. 이러한 관계는 매우 중요한 것이지만, 일생동안 가족들에 대해 무지막지한 오해와 원한을 품고 다니는 경우도 적지 않다.

우리는 부모들이 자식을 기르고 보호하기 위해 얼마나 많이 인내했는지, 그리고 생활이 어려웠을 때에도, 우리를 보살피기 위해 얼마나 많은 노력을 했는지 생각한다면, 부모에 대한 동정심을 어떠한 경우보다 더 발전시킬 수 있을 것이다.

그들은 우리를 키우는 동안, 아마도 엄청난 지혜를 발휘했을 것이다. 그리고 자신의 부모가 아무리 무지하거나, 아무리 집착과 욕망을 쫓는다 할지라도, 그들은 자신들에게 지워진 능력에 따라 최선을 다해왔다. 그렇기 때문에 우리가 살아가는 것처럼, 그들도 그렇게 살았을 것이라고 동감할 수 있으며, 그들 또한 자신들의 부모에 대하여 그렇게 생각할 것이다.

우리는 누구나 유년기를 떠올릴 수 있다. 비록 그때는 조그마하고 연약했지만, 성숙하기 위해 자신을 어떻게든 관리해 왔다. 성장하면서 우리는 많은 경험을 해왔으며, 이제 성인이 되어, 자신이 좋아하는 것은 무엇이든지 할 수 있게 되었다. 그러나 자신의 근본을 알고 스스로 성장하기 위해, 부모들이 겪었던 걱정과 근심에 대하여 되새기는 것은 매우 가치있는 일이다. 자신의 모든 것을 되돌아보고 기억할 때, 우리의 마음은 더욱 우리의 부모를 향하여 열리게 될 것이다.

동정심이란 우리에게 이롭게 작용하는 심리적인 태도인데, 그것은 어떤 기대감이나 요구에 휘말리지 않는다. 물질적인 단계에서 영적인 단계로 많은 것을 성취할 수 없다 하더라도, 최소한 다른 사람을 위하는 바램만으로, 아무 조건 없이 동정심 어린 마음을 가질 수 있다. 이러한 태도는 자동적으로 자신의 마음을 열어 동정심을 발전시키는 것이다. 그런 다음 우리는 진지한 마음으로 자신에게 스스로 말할 수 있다.

"만일 동정심이나 인류에 대한 이해를 확대하는 어떤 방법을 배울 수 있다면, 그것이 무엇이든지, 어디에 있던지, 나는 그 위대한 가르침을 얻길 원한다. 그리고 다른 사람들에게 도움을 줄 수 있는 그 지식을 이용하기 위해, 모든 의무를 다하기를 원한다."

동정심이 발전하면서, 우리는 자신의 마음에 순종하게 된다. 그리고 다른 사람들이 자신의 태도나 행동에 대하여 인정하는지 관심을 갖지 않게 된다. 자신의 집착을 줄여가면서, 우리는 더욱 깊은 충만함과 만족감을 갖게 된다. 우리의 삶은 점점 더 확대될 것이며, 위대한 삶의 의미를 부여하게 될 것이다. 그렇다면, 인류의 존재들이 그런 가치를 갖는 다른 것은 무슨 의미를 갖는 걸까?

한 밤의 꿈은 지나가 버린다. 상상할 수 있는 경험은 모두 일시적인 본성을 가지고 있지만, 동정심은 계속되는 행복을 가져다 준다. 그것은 일반적으로 순간적인 행복과는 다른 것이며, 단순히 감상적이거나 낭만적인 기쁨을 말하는 것이 아니다. 동정심은 주는 자와 받는 자 사이에 차이점이 존재하지 않는다. 즉, 불교에서 말하는 불이일원론(不二一元論)인 것이다.

하루에 한 번이라도 우리가 겪는 외로움과 혼란, 고통, 그리고 무지에 대해서 생각하는 것은, 태어날 때부터 지금까지 있었던 모든 고통스러운 상황을 이해하는데 도움을 준다. 고통의 원인에 대하여 이해하게 되면, 우리의 마음은 자연스럽게 열리고 편안해진다. 세상에 존재하는 문제들은 모두 현상적으로 나온 결과라는 사실을 이해하고, 받아들일 수 있기 때문에, 우리는 진정한 삶을 즐길 수 있게 된다.

동정심은 마음의 중심에서 느껴지는 것이며, 그 동정심의 근원은 우리의 느낌이자, 삶의 경험이다. 그러한 동정심의 긍정적인 에너지가 우리 마음을 통하여 흘러 넘칠 때까지는, 삶의 진정한 가치를 이루기는 어렵다. 또한 무의미한 말과 상징들로 자신의 마음을 쉽게 점령당하기도 한다.

누구라도 재능이 있는 사람이면, 과학의 여러 방면에서 그리고 철학의 수많은 학파에서 이름난 대가가 될 수 있지만, 그 내용 속에 동정심이 결여되어 있다면, 그것은 단지 갈망과 집착, 그리고 근심의 불완전한 순환 속에 갇혀버린 학문이 될 뿐이며, 삶의 진정한 의미를 부여하지 못할 것이다.

그러나 무슨 일에서든지 에너지가 깨어있다면, 다른 사람들과의 관계는 점점 원만해지며 모든 문제들은 최소화 될 것이다. 우리가 자연스럽게 느끼고 올바르게 생각을 갖게 된다면, 자신의 삶에 대하여 부담스러운 의무감이나 책임감을 느끼지 않는다. 이와 같이 동정심이란, 무한한 빛의 광선을 내뿜는 태양처럼, 우리 내면의 성장과 긍정적인 행동, 그 모든 것의 원천이 된다.

또한, 인간이 전 인류를 완전히 파괴시킬 만한 막강한 힘을 가지고 있는 이 시대에, 아름다움이나 유익함에 대한 진정한 의미에 대해서 주의를 기울이는 것은 매우 중요한 일이며, 더군다나 실질적인 동정심을 발전시키는 것은 특히 더 중요하다.

처음에 동정심이 일어나기 시작할 때에는, 마치 양초와도 같은 빛으로 우리를 밝혀주지만, 나중에는 그 빛이 마치 태양처럼 빛나도록 발전시켜야 한다. 동정심이 자신의 호흡처럼 가까워지고, 몸 속의 혈액처럼 생명력을 갖게되면, 우리가 이 세상을 어떻게 살아야 하고, 무엇을 해야하는지 근본적으로 이해할 수 있을 것이다.

우리는 자신의 본성과 접촉하기 시작하면서, 친구들과 부모, 형제들에게 먼저 자신의 마음을 열기 시작하며, 더 나아가 산과 바다, 바람, 태양, 별들, 그 밖의 살아있는 모든 자연의 존재들과 마음을 함께 공유한다.

모든 존재가 열려있다고 느낄 때, 우리의 모든 관계는 자연스럽게 조화를 이룬다. 이러한 동정심을 물질적인 방법으로 표시할 필요는 없다. 왜냐하면, 그것은 정신적으로 열린 태도를 확대하고, 모든 것을 받아들이기만 하면, 자동적으로 일어나는 것이기 때문이다. 동정심의 힘은 자신과 다른 사람 모두를 전체적으로 전환시키므로써, 우리의 삶을 밝게 빛나게 한다.

특히 어떤 심각한 문제를 가지고 있거나 고통을 겪고있는 사람들은, 무슨 일이든지 실현되도록 노력하라. 그리고 부모와 친구들을 기억하라. 자기중심적으로 동기를 부여하는 자세로부터 벗어나야 하며, 자신의 문제를 긍정적인 방향으로 전환시켜야 한다.

깊은 동정심으로 모든 존재들과 모든 자연을 대하는 것이야말로, 전체적인 우주를 동정심으로 넘치게 하는 것이다. 자신의 몸과 마음의 모든 부분을 동정심으로 빛나게 하라. 그리고 그 넘치는 힘과 에너지를 모든 존재에게로 보내라. 모든 존재의 행복과 번영을 위하여...

제 2 장
편안함에 대한 자각

자신의 삶이 더욱더 확장되는 느낌은 물질적으로 얻는 기쁨 보다 더욱 강렬하다. 삶이란 무한히 깊고 방대하며, 영원한 것이다.

느낌의
확장

우리의 내면에는 삶을 건강하고 조화롭게 만들 수 있는 자력이 내재해 있다. 그 자력이란, 삶의 방향성과 에너지를 적절하게 이용하는 것에 관한 것들이다. 그러나 삶의 방향을 가진다는 것은, 강압적인 통제를 하거나 훈련된 제어능력을 키우는 등의 문제가 아니다.

건강한 삶을 살려면, 먼저 편안함에 대해 익숙해져야 한다. 그 다음은 호흡을 느끼고, 그것을 이용하는 방법에 대하여 터득해야 한다. 그리고, 생각이 일어나고 사라지는 과정에 대해 알게 되면, 자신의 내면적 균형을 찾게되며, 에너지는 더욱 자유롭게 흐르게 된다.

휴식이란 우리를 근심과 좌절에서 구해줄 수 있는, 가장 편안하고 안전한 치유 방법이다. 일반적으로 느끼게 되는 압박감은 신체의 모든 에너지를 정체시키는 원인이 되기 때문에, 명상과 인식이 확장되지 못하도록 차단시키는 작용을 한다. 그렇기 때문에 우리는 깊은 휴식을 통하여 에너지를 정화시켜야만 한다. 아무튼, 자신의 몸에서 일어나고 있는 문제점을 느끼고, 그런 사실을 정확히 아는 것만으로도 근육이 경직되어있거나, 호흡이 일정하지 않거나, 혈압이 높은 경우 일단 희망을 가질 수 있다.

우리는 일상에서 경험하는 모든 것들을 정확하게 느낄 수 있어야 한다. 다른 사람들과 어떻게 접촉하는지, 어떤 방식으로 의사소통을 하는지 등등, 모든 관계들이 이루어지고 있는 방식에 대하여 인식할 필요가 있다. 그리고 마사지와 같은 확실한 훈련을 통해, 우리는 육체적, 정신적 압박감을 풀어내는 방법을 터득할 수 있다.

먼저, 몸과 호흡과 마음을 모두 편안하게 할 수 있는 방법을 터득한다면, 몸은 건강해지고 정신은 맑고 명료해지며, 조화로운 인식능력까지 갖게 될 것이다.

몸이 편안해지고 마음이 자유로워지면, 우리는 더욱 열려있고 자연스러운 상태를 느끼기 시작한다. 이것은 조용하고 잠잠한 내면과의 소통의 시간이며, '이것이 고요함이다'라고 인식하기 시작하는 순간이다.

이렇게 명상의 특성에 대하여 실질적으로 인지하기 시작하면서, 우리는 하루 온종일 자신과 연결된 에너지를 계속 느낄 수 있게 된다. 또한, 주의 깊고 긍정적인 인식을 지속적으로 발전시켜 나갈 수 있다.

이제 편안하게 앉아서, 10~15번 정도 깊이 호흡해본다. 그런 다음 천천히 몸 전체를 편안하게 이완한다. 살며시 눈을 감고, 숨을 가라앉힌다. 팔과 다리도 편안하게 한다. 몸을 완전히 그대로 내버려둔 다음, 자신만의 시간을 가져 보라. 그리고 머리끝부터 발끝까지의 몸 전체를 감지해 보라. 심장 뛰는 것이 느껴지는가?

그러면 자신의 머리와 목, 가슴, 팔, 다리, 발의 순서로 최대한 부드럽고 천천히 마사지해 보라. 이제 우리 몸의 각 세포들 속의 에너지가 활발히 흘러 넘치는 것을 느낄 수 있을 것이다. 이런 식으로, 자신의 몸을 완전히 편안하게 이완시킨다.

몸을 편안하게 이완시키면 우선, 뇌와 같은 특별한 영역의 집중력이 향상될 것이다. 뇌는 신체 기관 중 가장 바쁜 시간을 보내는 곳이다. 어떤 느낌이 일어나게 되면, 목과 어깨, 그리고 안면근육이 경직되는 현상이 있다. 먼저, 머리를 마사지하고 몸 전체로 에너지가 움직이는 것을 느끼기 시작하라. 마사지를 하는 동안에, 그 느낌이 좋은지 나쁜지에 대하여 결코 관심을 가질 필요가 없다.

단지 있는 그대로를 느끼면서 가능한 몸 전체의 근육을 최대한 풀어주는 것이 중요하다. 그 다음은 자신의 몸을 마사지하면서, 근육이 어떻게 긴장되고 경직되는지 느낀다.

특히 긴장된 부분에 주의를 기울이며, 몸의 모든 부분이 점점 편해질 때까지 긴장된 근육을 풀어준다. 그런 다음, 고요함 속에서 자신의 몸에 귀를 기울이는 시간을 가져 보라. 에너지가 막혀있는 곳이나 긴장감이나 고통이 있는 곳이 풀리기 시작하면서, 점점 편안해지는 것을 느낄 것이다.

이제 호흡을 편안하게 한다. 그리고 입과 코를 동시에 사용하면서, 아주 천천히 그리고 깊게 숨을 들이마신다. 잠시동안 숨을 멈춘 다음, 다시 부드럽게 천천히 숨을 내쉰다. 이때, 몸 속의 혈관을 통하여 에너지가 순환하는 것을 느껴 보라. 그리고 아주 부드럽게 자신의 느낌을 살펴 보라. 우리는 호흡에 너무 집중할 필요가 없으며, 단지 있는 그대로를 느끼면서, 자신의 의식이 느끼고 있다는 것을 경험하는 것이다.

만일 자신의 호흡이 너무나도 자연스러워 편안해지고 고요해지고 있음을 느끼지 못할 정도라면, 몸의 에너지는 매우 안정되고 활력이 넘치며, 섬세한 느낌을 가져다 줄 것이다. 마치 우리 몸 안에 태양이 비추이는 것처럼 말이다.

몸이 아주 편안해지고 차분해지면, 내면으로부터 온화함이 일어나기 시작한다. 우리의 몸은 전체적으로 변화하는데, 마치 몸이 점점 사라지는 것처럼, 거의 텅 빈 상태로 느껴질 것이다. 몸의 무게와 부피가 더 이상 존재하지 않고, 오직 열려있는 것처럼, 확장된 방대함의 고요한 느낌만이 있을 것이다. 우리가 더욱 고요해지면, 더 많은 에너지를 느낄 수 있다.

이처럼, 우리는 자신의 몸을 열린 공간으로 경험할 수 있으며, 그 느낌 안에서 살아있다는 것을 느끼게 된다. 그냥 편안하게 그때의 느낌을 가능한 많이 확장시켜 보라. 우리가 느낌을 확장시킬 때, 공간 그 자체는 완벽한 조화로움을 이룬다.

내면의 느낌에 접근하면서, 우리는 비로소 몸과 마음에 대하여 잊게 된다. 왜냐하면, 우리는 실제로 그 느낌과 일치된 것이며, 더욱더 그러한 느낌들을 확장시킬 수 있기 때문이다. 마치 우리가 어머니의 자궁 속을 떠났더라도 그 느낌은 무한할 수 있는 것처럼 말이다.

우리는 이전에는 알 수 없었던 것도 느낌으로 경험할 수 있다. 이를테면, 우리의 내면은 충만한 에너지를 가질 수 있으며, 그 느낌이 이끄는 대로 따를 수가 있다. 마치 돌멩이 하나가 강물 전체에 파장을 퍼뜨리듯이 우리의 세포, 에너지, 호흡, 인식 전체에 고요함을 퍼뜨릴 수 있다.

마지막으로 자신의 마음을 편안하게 하는 것이다.

내면에서 나오는 무수한 상념들은 여러 가지 판단기준으로 해석할 수 있으며, 수많은 개념들을 반영시켜 설명할 수 있기 때문에, 일반적으로 근본적인 마음의 안정을 기대하기 어렵다.

특별한 생각을 떠올리거나, 억지로 행동하지 말고, 자신의 마음의 움직임을 살펴 보라. 그렇다고 너무 집중하려고 애쓸 필요는 없다. 인식이란 어떤 특정한 장소에 머물러 있거나, 어떤 것에 속해 있는 것이 아니라, 이미 존재하고 있는 그 자체이다. 말하자면, 그것은 에너지가 느끼는 부분을 즉각적으로 경험하는 것이다.

우리가 형식적으로 판단하거나 생각에 집착하지 않게 되면, 느낌을 정신적인 활동의 일부로서 경험할 수 있다. 그러나 전체적인 느낌을 제외한, 자신만의 주관적인 생각에 의한 느낌은 아무 의미도 부여할 수 없다.

처음에 이러한 에너지를 느끼게 되면, 우리는 어쩌면 자신이 '에너지를 상상하고 있는 것은 아닌가' 하고 생각할는지 모른다. 그러나 그런 상태에 친숙해질수록, 스스로 에너지를 다룰 수 있게 된다. 시간이 지난 후에, 우리는 열기나 따뜻함으로 그것을 경험할 수 있다. 이러한 에너지는 우리의 의식을 활발하게 회복시키며, 생각하는 방식에 변화를 가져온다. 우리의 생각은 점점 더 조화를 이루며, 온몸의 에너지는 더욱 자유롭게 순환한다.

몸이 편안한 상태가 되면, 그것은 내면적인 생각에까지 확장된다. 한 가지의 생각을 계속 유지시켜 보자. 그리고 그것을 확장시켜 보라. 다시 말하면, 한 가지의 생각으로 깊숙이 들어간 다음, 그 생각에 대하여 어떤 판단을 하거나 토를 달지 말고, 그것에 대해 주관적이거나 객관적인 태도를 취하지 않은 채, 단순하게 그 생각을 확장시키는 것이다. 그러면, 생각에 대한 느낌이나 에너지는 여전히 남아있을테지만, 판별력이나 개념적인 제한은 남아있지 않을 것이다.

우리가 이러한 깊은 느낌을 접하거나 경험한다면, 자신의 모든 생각과 경험 속으로 깊이 있는 느낌을 가져갈 수 있게 될 것이다.

이러한 방법들은 인식을 어떻게 확대하는지를 학습하는 것이다. 첫 번째, 육체적인 단계에서는 마사지와 물리적인 운동을 이용하는 것이며, 두 번째 정신적인 단계에서는, 호흡과 전체적인 느낌에 대하여 더욱 깊이 있게 경험하는 것이다. 세 번째는 섬세한 의식의 단계인데, 그것은 즉각적인 경험이 일어나는 단계를 말한다.

그 세 가지 단계의 진정한 느낌에 대하여 알게 되면 우리는 느낌, 그 자체가 무한하게 표출된다는 사실을 알 수 있다.

그러므로, 만약 우리에게 선한 느낌이 찾아들면, 그것을 최대한 확장시켜야 한다. 왜냐하면 기쁨과 사랑, 아름다움과 같은 감정들은 우리에게 만족감을 주고 우리가 인식하는 동안에는, 그 느낌의 성질은 절대 사라지지 않기 때문이다.

예를 들어, 우리가 사랑의 감정을 느낄 때에는, 아름답고 행복한 감정들이 충만할 것이다. 그리고 그 느낌과 감동을 깊이 확장시킨다면, 오랜 시간동안 그 느낌이 지속될 것이다.

우리는 대개 행복과 기쁨을 깊이 느끼고 즐거웠던 기억이나 느낌을 잊지 않으려고 하며, 그대로 보존하려고 한다. 그러나 애초의 생각보다 더 크게 확장된 느낌은, 더욱 방대한 것이 되기 때문에, 처음의 생각으로만 그것을 한정시킬 수 없게 된다.

처음에는 마사지를 통한 육체적인 접촉이 중요하지만, 나중에는 몸이란 거의 상징적인 것에 지나지 않는다. 왜냐하면, 전체적인 느낌의 경험은 우리의 몸에만 머무는 것이 아니라, 계속 확장되기 때문이다. 그러한 경험이 계속 유지되면서, 우리는 에너지를 느끼는 것이 단지 상상에 의한 것이 아니라는 것을 깨닫게 된다. 경험은 실제로 일어나고 있는 것이며, 그것은 더욱 섬세한 단계의 인식에 이르는 실질적인 과정인 것이다.

에너지를 느끼는 것이란, 여러 가지 많은 느낌이 있는 것이 아니라, 오직 인식만이 존재한다는 사실을 경험하는 것이다. 그러한 경험은 우리가 육체 안에 있는 느낌과 완전한 통합을 이룰 수 있다. 육체적으로 편안함을 느끼고 고요함에 대하여 인식하게 되면, 이전에는 언어나 개념, 또는 그 분야의 전문지식 없이는 이해할 수 없었던 내용에 대하여, 실질적인 경험으로 이해하고 있다는 것을 발견할 수 있다.

이러한 높은 의식의 단계에서 내면을 마사지하는 듯한 아름다운 느낌들은, 마치 거대한 대양의 파도가 일렁이는 것처럼, 자연스럽고 막힘이 없다.

내면의 느낌이 확장된다는 것은, 육체적으로 느끼는 즐거움보다 훨씬 더 강렬한 것이며, 무한히 아름답게 펼쳐지는 것이다. 모든 존재의 마음은 언어나 어떠한 개념적 설명 없이도, 이해할 수 있으며, 더욱 깊이 있는 삶의 경이로움에 대하여 경험하게 한다.

기쁨의 첫 번째 형태는, 어린이의 기쁨과 같은 순수함에서 일어난다. 그것은 행복의 느낌으로 확장되며 다양한 육체적, 정신적 감각으로 일어난다. 그리고 기쁨은 점점 압도적으로 다가온다.

우리의 아름답고 조화로운 경험이 발전되어감에 따라, 신비로운 경험이라고 불리는 것은, 다름 아닌 내면의 고요함과 밀접하다는 것을 알게될 것이다. 이러한 에너지는 육체적인 것이나, 또는 정신적인 것이라고 말하기는 어렵다. 그러나 생명의 모든 기관들은 순수한 에너지가 지닌 특유한 성질들을 공유하고 있다.

비록, 우리가 순수한 에너지의 성질과 접하고 있다는 것을 모르고 있지만, 그것은 항상 존재하는 것이다. 순수한 에너지와 접하기 위해서는 어떠한 확실한 조건, 이를테면 조용한 장소, 가벼운 식사, 또는 정신적인 훈련 등을 말한다. 그러나 우리가 일단 내면의 고요함을 경험하게 되면, 그것이 순수한 에너지든, 아니면 순수한 지식이든, 우리는 내면이 인식하고 있는 기억을 따라 어디로든지 찾아 갈 것이다.

높은 인식을 발전시키기 위해서는 우리의 몸과 호흡, 그리고 정신이 완전하게
일치되는 것이 필요하다.

몸, 호흡
그리고 정신

일반적으로, 우리의 몸은 피부와 뼈, 근육, 그리고 유기적인 기관들로 이루어진 물질이라고 생각한다. 그러나 이러한 물질은 세포, 분자, 원자로 계속 쪼개진다.

원자의 성분을 조사해보면, 그 원자가 합쳐져 공동으로 보유하고 있는 힘을 찾을 수 있다. 그리고 우리의 몸 그 자체에 대하여 더욱 깊이 들어가 보면, 정확히 파악할 수 없는 힘이나 에너지의 형태를 관찰할 수 있다.

몸의 구조를 살펴보면 매우 정교하고, 수많은 미세한 세포들이나 원자들이 일종의 핵에너지를 가지고 있는데, 그것은 외부적인 몸의 에너지장과 동일한 것이다. 상대적으로 말하자면, 물질적인 몸의 구조는 아주 견고하게 보이기 때문에, 우리의 몸이 텅 빈 공간 같다고 말할 수 없다. 그러나 근본적으로, 우리 몸 외부의 공간과

그 몸이 실제 거주하고 있는 공간은 서로 분리되지 않는다. 이러한 전체적인 공간은, 마치 물 속에 물이 흐르는 것처럼 자연스러운 통합의 형태를 가진다.

우리가 진정으로 편안해질 수 있는 어떤 확실한 경험을 하게 되면, 그때는 긍정적인 에너지가 증가하기 때문에, 실제로 우리는 내부적인 공간과 외부적인 공간이 하나가 되는 것을 느낄 수 있다. 우리의 몸은 마치 멀리 떨어져나가는 것처럼 느껴지고, 몸의 무게와 밀도마저 인식하지 못할 만큼 아련해진다. 이처럼 하나가 되는 느낌을, 매우 중요하게 여기는 이유는 몸이 완전하게 풀리고 편안해지는 동안, 세포 속의 에너지가 외부적인 영향 없이, 몸 전체의 조직체계를 통하여 부드럽고 자연스럽게 흐르기 때문이다.

몸의 이완이 진행되면서, 우리는 육체적인 고요함과 같은 특별한 느낌에 집중할 수 있다. 그런 느낌이 확장되면, 그것은 물질적인 몸을 넘어, 외면과 내면으로 확대되어 간다. 우리는 몸의 고요함이나 호흡의 고요함 또는 우리 생각의 고요함에 집중할 수 있으며, 물리적인 몸을 넘어 에너지의 순환을 완전히 느낄 수 있다.

이러한 에너지는 세 가지의 요소를 가지고 있는데, 그것은 우리 생활의 기본적인 방식과 함께 한다. 우리의 태도와 행동은 이러한 세 요소들과 얼마나 조화를 잘 이루는지에 따라 결정되며, 우리의 건강과 행복, 그리고 수명 또한 세 요소들과의 조화에 의존한다.

그 첫 번째 요소는 에너지가 흐르는 물질적인 구조, 즉 몸이다. 두 번째는 호흡인데, 그것은 단순하게 숨을 쉬는 행위를 말하는 것이 아니라, 운동성을 가지고 있는, 다시 말해 에너지를 흐르게 하는 성질을 의미하는 것이다. 세 번째는 미세한 몸의 에너지이며, 그것은 호흡보다 더욱 세밀하며 정교하다.

이러한 세 가지의 모든 요소들은 서로 연결되어 있기 때문에, 상호간에 떨어져서는 제 기능을 할 수 없다. 각각이 고유의 특정한 성질을 가지고 있지만, 그 모두가 합쳐져야만 물리적인 몸의 기본적인 구조가 만들어진다. 또한 이러한 복잡한 결합과 신비한 방식을 통해야만 우리의 삶이 창조될 수 있는 것이다.

이처럼 여러 가지 방법을 통하여 몸과 호흡 그리고 정신이 조화를 이루는 것이다. 또한, 이러한 방법들은 우리가 일반적으로 이해하는 것 보다 훨씬 많은 조건을 가지고 있다.

에너지의 흐름을 통한 물질적인 구조를 몸의 형태라고 하는데, 이것은 단순한 '몸 이상의 것을 뜻한다. 우리의 태도나 행동에 대한 정신적인 에너지는 어떠한 주변의 상황을 만들어내는데, 그것은 육체적인 성질을 넘어선 단계에서 우리 주위에 축적된다. 이것은 미세한 몸, 또는 에테르(*etheric*)체라고 한다.

어떻게 보면 어려워 보이지만, 우리의 몸을 구성하는 요소로서 언제나 존재하는 것이다. 우리의 미세한 몸은 지구의 대기권 상층부와 비교할 수 있는데, 대기권 상층부는 대기권 하층부와 연결되면서도, 하층부와는 전혀 다른 요소들로 구성되어 있으며, 성질 또한 다르다.

호흡은 우리가 일반적으로 생각하는 것 보다 훨씬 많은 의미가 있으며, 그것은 다른 에너지의 흐름과 연결되면서도, 그 자체의 성질은 우리의 감정적인 상태에 따라 변화한다. 우리가 너무 얕은 호흡을 하거나, 너무 헐떡이는 호흡을 하면, 조직체계가 휴식하는데 악영향을 미치게 되며, 반면에 호흡에 균형이 잡히면, 동시에 감정에 균형이 잡히기 때문에 몸과 마음이 더욱 조화로운 상태를 갖게 된다. 말하자면, 호흡은 우리의 몸과 마음을 연결시키는 다리와 같은 역할을 하는 것이다.

섬세한 몸의 에너지는 정신과 함께 일체될 수 있는데, 그것은 우리가 알고 있는 정신을 말하는 것은 아니다. 일반적으로, 정신은 우리가 경험한 것들이 생각과 개념으로 변하고, 그것은 다시 주관적이거나 객관인 형태가 된다고 한다. 그러나 그것말고도, 우리가 경험을 하는 또 다른 방식이 있는데, 그것은 이러한 이중성을 만들어내지 않는다. 정신이 조화를 이룰 때, 거기엔 시간도 없고 의식도 없으며, 인식도 존재하지 않는다. 오직 언제나 존재하는 고유의 에너지만이 있을 뿐이다.

몸의 형태, 호흡, 섬세한 몸의 에너지는 우리 몸에 있는 네 가지의 중심인 머리, 목구멍, 가슴, 배꼽과 상호 연결된다. 몸은 배꼽의 중앙에 연결되며, 호흡은 목구멍의 중앙에, 그리고 정신은 머리의 중앙에 연결된다. 그리고 몸, 호흡, 정신 그 세 가지는 모두 가슴의 중앙에서 집결된다.

몸의 각 중심들은 여러 단계에서 기능을 한다. 우리의 마음이 열리고, 이성적인 판단 기준이 있을 때, 우리의 에너지가 더욱 더 본질적인 인식의 상태로 옮겨지게 되면, 그것은 모든 것이 평정된 상태, 인간이 경험하는 최고의 상태를 맛보게 한다.

몸에 있는 각각의 중심들은 온화함, 사랑, 동정심과 같은 긍정적인 에너지를 진동시키기도 하며, 또한 심한 압박감과 더불어 불안정하거나 침체된 혼란을 야기할 수도 있다.

이러한 세 가지의 요소들이나 에너지들이 그 중심들로 움직이면, 어떤 상황이나 마음가짐이 만들어진다. 이를테면, 육체적인 질병이나 정신적인 장애, 감정적인 갈등, 또는 밝고 활기찬 느낌이나 관대함 등이 만들어진다. 육체적인 기능의 기본적인 유형은 에너지를 어떻게 흐르게 할지를 결정하기도 하며, 에너지가 어떻게 흐르느냐에 의해서 결정되기도 한다.

우리가 병들거나, 몸과 마음의 불균형을 이루거나, 부정적인 느낌을 갖게되면, 이러한 것들은 언제나 몸 안에 있는 에너지의 형태와 그 움직임의 실체로 나타나게 된다. 그러므로 삶을 건강하게 하기 위해서는, 우리의 몸과 호흡, 그리고 정신 그 모두가 조화를 이루기 위한 방법을 터득해야만 한다.

우리는 몸의 여러 부분들에 집중함으로서 자기 스스로를 치유하며 균형을 이룰 수 있다. 집중된 상태를 훈련하는 것은, 단순한 일이지만 매우 특별한 의미를 지니는 일이다. 우리의 몸이 균형을 잃게 되거나, 육체적인 에너지의 흐름에 장애가 생겨서, 병이 들거나 두려움이 생길 때는 배꼽 밑, 아랫배에 집중을 하면 큰 도움이 될 것이다.

만일 자신이 외롭다고 생각되거나 다른 사람들과 단절되었다고 느낄 때, 또는 동정심이나 기쁨을 발전시키고 싶다면, 가슴 중앙에 집중을 하는 것이 좋다. 이처럼 감정의 균형을 잡은 후, 신경과민과 욕구불만, 불안감 등에서 극복되기를 원한다면, 목구멍의 중앙에 집중하는 것이 좋다. 그런 다음 그 중심들이 서로 상호작용을 하게 되면, 목구멍과 가슴에 더욱 집중하면서 균형이 잡히고 안정이 된다.

우리의 정신적인 인식이나 의식이 약해지거나 초점이 잘 안 잡힐 때나 어렴풋한 느낌이나 상실감이 들 때, 또는 이중적인 마음에 사로잡힐 때는, 머리 꼭대기나, 미간 사이 위쪽의 이마에 집중하면 도움이 된다. 만일 자신이 온화해지고, 정신이 명석해지기를 원한다면, 머리의 중앙에 집중을 하는 것이 좋다.

몸, 호흡, 그리고 정신 그 모두가 가슴의 중앙에서 조화를 이루어감에 따라, 마음이 더욱 열리도록 발전시킨다. 근본적으로 가슴의 중심이 더 많이 열리게 되면, 몸과 정신은 완전한 하나로서 매우 원활해지며, 서로를 지지하고 인정하게 된다.

우리가 몸의 특정 부위에 각각 따로 집중할 때, 각 부위마다 어떤 다른 느낌이 일어나는지에 대하여 시험해 볼 수 있으며, 그 결과 어떤 부분이 가장 강하고 또 어떤 부분이 가장 약한지에 대하여 알 수 있다. 또한, 자신의 에너지가 어떻게 작용하는지에 대해서 가늠해 볼 수도 있다.

예를 들어, 어느 부분이 매우 답답하거나 억누름을 느끼면, 자신의 에너지를 그곳에 집중하여, 그 부분이 편안해지도록 긴장을 풀어 줄 수 있다. 또는 다른 부분이 특이하게 활동적이거나, 반대로 너무 둔하다면, 우리는 그러한 부분들에 에너지를 가져올 수도 있고, 보낼 수도 있다. 이처럼 여러 가지 방법을 가지고 에너지를 작용시킬 수 있다. 그러나, 에너지의 이동이 결국 무엇과 관련되어 있는 것인지를 반드시 생각해야만 한다.

❧

여러 가지의 육체적인 훈련은 우리의 몸과 호흡과 정신을 조화롭게 하고, 새로운 생명력을 불어넣을 수 있을 것이다. 그러나, 그러한 훈련이 단순히 기계적인 것이거나, 또는 한 가지의 특정한 방법에만 현혹된 것이라면, 마음이 열리고 성장함에 있어서 그 기회의 폭이 좁아질 수 있으며, 그 전체적인 시야에도 한계를 가져오는 위험에 빠질 수도 있다. 게다가, 모든 기술이 모든 사람들에게 적용될 수 있는 것은 아니기 때문에, 자신이 실천하기에 가장 적당한 수단을 선택하려 할 때에는, 자신을 제대로 훈련시킬 수 있는 훌륭한 안내자를 만나는 것이 매우 중요하다.

이러한 실천과 훈련은, 자신을 더 높은 의식으로 발전시키기 위해 해야할 필수적인 과정들이며, 그러한 과정들을 통하여 몸 속의 잠재된 에너지는 활력을 갖게 된다. 활기찬 에너지는 감각과 표현을 더욱 풍부하게 만들며, 불안정한 정신은 고요해진다. 그리고 잊고 지냈던 내면의 평화와 조화로움을 다시 찾게될 것이다.

緊 긍정적이고 즐거운 느낌은 우리 몸의 각 기관과 순환계를 지나서, 몸 전체를 구성하는 조직 체계의 구석에까지 이른다. 그리고 물리적인 에너지와 화학적 인 에너지를 전환시켜, 우리의 몸과 마음에 조화를 이루게 한다.

긍정적인 에너지를 통한 치유

우리의 몸과 정신은 상호간에 끊임없는 작용을 하고 있으며, 정신적인 요소 대부분은 감각적인 것들에 영향을 미친다. 우리가 느끼는 것들은 대부분이 물리적으로 경험한 것이지만, 그 것에 대한 평가는 정신적으로 해석한 것을 바탕으로 한다. 우리의 몸과 정신의 상호관계가 균형을 잃고, 몸의 모든 감각들이 원활하지 못하면, 우리는 긴장감에 조여들게 되고 매사에 부정적인 감정들이 일어나게 되는데, 그것은 육체적인 질병과 정신적인 질환을 일으키는 원인이 된다.

우리가 건강하고 균형 잡힌 상태를 유지하기 위해서는, 무엇보다 몸과 마음의 결합된 체계를 다스리는 것이 중요하다. 그렇게 하기 위해서는, 먼저 자신의 몸과 마음의 관계에 대하여 섬세하게 관찰해야 한다.

정신은 몸을 연결하고 있는 모든 감각들에 의해 작용하며, 우리의 몸은 외부의 세상과 연결되어 있다. 개개인은 고유의 행동방식을 가지고 있지만, 일단 함께 모이면, 각자가 보유한 특유의 경로를 따라, 자신 이외의 다른 사람들과 상호작용을 하기 시작한다.

상호간의 작용이 일어날 수 있는 까닭은, 우리의 정신에 스며있는 정보 때문인데, 그러한 정신은 우리가 습득한 판단, 개념, 이중성과 같은 것에 스스로 휘말리게 하고, 더 나아가 분리감과 갈등마저 유발시킨다. 이러한 과정이 진행되면 될수록, 우리의 정신 그 자체는 갈등 속에 얽매이게 된다. 다시 말해서, 그것은 몸과 마음 사이의 충돌, 감각과 정신 사이의 충돌이 일어났다는 것이다.

몸의 특정한 부분에서 일어나는 미세한 느낌은, 전체적인 느낌보다 더욱 확실하고 강하게 느껴진다. 그러므로 그것이 일어나는 느낌의 강도와 그 지점은 매우 중요한 의미를 갖는다. 그러나, 일반적으로 느낌들은 서로 분리될 수 없으며, 그 모든 것은 먼지처럼 혼합되어 축적된다.

느낌은 긍정적이거나 부정적이거나, 아니면 중립적일 수 있으며, 간혹 어떤 원인 없이도 일어나기도 하는데, 이러한 것은 육체적인 몸 속에서 오랜 동안 축적되어 겉으로 드러나지 않은 것들로서, 우리는 그것들이 언제 발생할지 전혀 예측할 수가 없다.

인식이 발전되지 않는다면, 우리는 자신이 받았던 인상들에 대하여 기억하지 못할 때가 많을 것이며, 우리가 받았던 그 인상들은, 다 쓰여진 편지가 물위를 떠다니는 것과 마찬가지로, 단지 허공을

맴도는 것에 불과할 것이다. 그러나, 감각능력은 의식적으로 발전시킬 수 있으며, 그러한 발전은 우리의 인식을 향상시키는 바탕이 된다. 예를 들어, 우리가 다른 사람의 눈을 보았을 때, 그 사람이 남자인지 여자인지 알 수 있다면, 그것은 정신적으로나 육체적으로 균형을 이루고 있다는 뜻이다.

우리는 자신의 생각과 느낌에 대하여 더욱 섬세하게 관찰해야만 한다. 자신의 마음을 들여다보면, 마음속에 의미 없는 무수한 생각들과 관념들이 흘러 넘치고 있다는 것을 알게될 것이다. 그러한 현상이 일어나는 것은 바로, 자신의 생각과 관념, 그 자체가 부정적이고, 불안정한 상태라는 것을 나타내는 것이다.

우리가 스스로 불안정한 상태에 있다고 판단하거나, 경험으로부터 단절되어 있다고 생각하는 것은, 이미 끊임없는 생각의 과정 속에 스스로 붙잡혀 있다는 뜻이다.

대부분의 사람들은 어떤 한 가지의 생각을 떠올리자마자, 또 다른 생각으로 이끌려지는데, 그것은 한 가지의 생각과 함께 다른 생각이 연상되거나 해석되기 때문이다. 그리고 이러한 생각의 고리를 끊어버리기는 매우 어렵기 때문에, 마음은 계속해서 동요되며, 안정을 얻거나 에너지를 회복할만한 기회를 얻지 못하게 되는 것이다. 그 결과 우리의 몸과 마음은 더욱 지치게되고, 정신적으로는 불안감이 축적된다.

과정을 면밀하게 관찰해 보면, 우리의 감각은 외부적인 대상을 먼저 인지하게 되는데, 대부분 최초에 인지한 대상에 매달리는 경향이 있음을 알 수 있다. 이러한 현상은 우리가 점점 더 집착과 갈망에 사로잡히는 원인이 되며, 또한 확정된 행동방식에 자신을 고착시키는 원인이 된다. 그러므로 마음이 대상을 따라서 움직일 때마다, 우리는 에너지를 잃게 되지만, 에너지가 손실되는 정도는 상황에 따라 달라지기 때문에, 우리가 어떤 경우에 에너지를 잃게 되는지에 대해서 인지하기는 쉽지 않다.

에너지가 너무 많이 소모되면, 우리는 몸과 마음의 균형을 잃게 되고, 부정적인 감정들이 마구잡이로 일어나기 때문에, 우리의 느낌과 인지력을 분열시키는 악영향을 초래하기도 한다. 이를테면, 우리가 슬프거나 의기소침해져 있을 때에는, 아름다운 음악을 들어도 그것을 제대로 받아들일 수 없게 된다. 또한, 맛있는 음식을 보아도 식욕을 느끼지 못하는 경우가 생긴다는 것이다.

우리가 걱정과 두려움에 휩싸이게 되면, 에너지가 활성화되는 지점은 수축되어, 그것은 오히려 우리의 몸과 마음에 해롭게 작용하게 된다. 그렇게 되면, 몸은 자신의 마음을 인식하지 못하게되고, 마음 또한 자신의 몸에 대하여 인식하지 못하게 되어, 몸과 마음은 서로 접근하지 못하고, 오로지 외부적인 것들에만 연연하게 된다.

우리가 육체적으로나 정신적으로 어려움을 겪는다면, 실제로 우리를 구성하고 있는 내부체계와 외부체계가 상호간에 원활하게 소통하지 못하는 원인이 된다. 그렇기 때문에, 우리는 외부적인 일들에 대하여 불평불만을 하게 된다. 만일 이러한 증상들을 스스로 다루고 제거할 수 없다면, 우리의 모든 대상들은 모두 자신에게 해를 끼치는 존재들로 변하게 된다. 그러나 이러한 증상을 단지 증상으로만 받아들이고, 그것을 스스로 제어할 수 있다면, 모든 상황은 역전되기 시작한다.

우리가 편안해지고 긍정적인 태도를 취한다면, 우리는 내면적으로 정체되지 않을 것이며, 에너지는 자연스럽게 흘러 넘쳐, 몸과 마음의 조화는 자연히 이루어진다.

히말라야에서, 짐꾼들은 거의 백 파운드 정도의 무게를 지고 밤낮으로 산을 오르내린다. 그리고 마지막 짐을 내려놓고 나서야 그들의 발걸음은 가볍고 편해진다. 마찬가지로, 우리가 긍정적인 에너지를 발전시킬 때만이, 내면적인 인식이 우리가 가지고 있는 정신적인 짐들을 내려놓게 할 수 있다.

우리가 고요함을 체득하고 몸과 호흡, 그리고 정신의 완전한 일치를 얻게 되면, 우리를 구성하는 전체적인 체계는 생명력과 활기를 더할 것이다.

❦

자신을 치유하는 과정에서 가장 필요로 하는 것은 편안함과 즐거움, 그리고 사랑과 동정심을 근본적으로 구축시키는 것이다.

몸은 편안해야 하며, 감정은 균형을 이루어야 한다. 그리고 에너지는 부정적인 상태에서 긍정적인 상태로 전환되어야 한다. 그런 다음에, 비로소 우리는 갈등과 긴장, 근심, 그리고 두려움 같은 정신적, 육체적 속박으로부터 풀려날 수 있다. 마음이 더욱 열리게 되면, 우리는 진정한 자유를 경험할 수 있으며, 내면적인 에너지는 고정되지 않고 흘러 넘칠 것이다.

그것을 위한 구체적인 방법 중에는 정신적으로나 육체적으로 다양한 훈련들이 있으며, 만트라를 통하여 집중하는 방법도 있다. 그러나 가장 기본적인 과정은 자신의 에너지를 편안하게 하고 균형을 이루게 하는 것이다.

만약 감정적으로 매우 흥분이 되면, 일단 앉아서 부드럽게 호흡을 한다. 그때는 자신의 감정에 주의를 기울이지 않는 것이 좋으며, 오직 호흡에만 의식을 갖도록 한다. 그 다음에는 자신의 호흡을 따라가면서, 몸 전체로 호흡이 흐른다는 기분을 갖는다. 그렇게 이러한 실천은, 우리의 몸과 마음을 고요하게 하고 활력을 주는데 도움이 된다.

우리가 육체적으로나 감정적으로 장애가 생기면, 즐거운 기억을 잊어버리거나, 반대로 아름다운 일들을 만들어내려고 한다. 자신이 유쾌해질 수 있다고 상상하고 자신을 행복하게 만들어라. 그렇게 함으로서, 우리의 몸과 마음은 자연스럽게 가라앉고 편안해질 것이다.

편안해질수록, 우리의 느낌과 감정은 고르게 배열되고 조화로움과 즐거움은 가득할 것이다. 그것은 우리가 긴장과 압박된 상태에서 벗어난다는 것이며, 내면의 고요함과 평화로움을 얻는다는 의미를 가진다.

이렇게 간단한 두 가지의 실천 방법은, 우리의 몸과 마음, 감각을 온전하게 하고, 그 기능들이 모두 조화롭게 균형을 이루도록 도움을 줄 것이다. 그리고 몸과 마음의 온전한 통합은 진정한 행복의 본질이 되는 것이다.

장마철 홍수를 대비해서 미리 둑을 만들어 놓는 것처럼, 우리도 우리의 감정이 일어날 때, 그 속에서 허우적거리지 않도록, 우리의 인식을 충분하게 일깨워야만 한다.

　우리의 감정이 고요해지고, 갈등이 사라지기 시작하면, 우리는 인위적인 형식이나 불필요한 행동을 하지 않을 것이며, 더욱 직접적인 경험으로 연결될 것이다. 이것은 우리가 점점 본질적인 것에 이르고 있다는 것을 의미한다.

　우리에게 진정으로 가치 있는 일은, 삶이 점점 더 명확해진다는 것이다. 그것은 혼란의 시대에 종말을 고하고, 삶의 전반적인 형태가 윤택해지고 뚜렷한 목적을 향해 움직이는 것을 말한다. 우리가 마음의 고요함을 터득하게 되면, 정신적으로나 육체적으로 활력이 넘칠 뿐만 아니라, 삶을 끊임없이 발전시킬 수 있게 된다.

　이 시대의 대부분의 사람들은, 고통으로부터 벗어나기 위해 외부적이고 인위적인 수단에 의존한다. 그러나 우리가 스스로 자신을 조화로움 속으로 되돌린다면, 우리의 몸과 마음에 있는 에너지는 자동적으로 유연하게 흘러 넘쳐 스스로를 보호할 것이다. 병을 치료하는 능력은 바로 우리자신 안에 있는 것이다.

　우리의 몸은 우주를 구성하고 있는 하나의 요소로서 스스로 내면의 균형을 되찾을 수 있는 성질을 가지고 있다. 화학적인 의미에서 몸의 전체적인 조직체계는 본질적으로 자신를 충족시킨다. 스스로 긍정적인 에너지를 열 수 있으며, 몸을 통하여 에너지의 통로를 찾을 수 있는 필요한 조건은 모두 거기에 있다.

그러한 긍정적인 에너지를 발전시킴으로서, 우리의 몸은 건강하게 전환되고 정화되어 에너지가 원활히 흐를 수 있는 통로가 열리게 된다. 긍정적인 경험이나 부정적인 경험이나, 우리는 그것 모두를 조화롭게 유지할 수 있다.

이러한 모든 에너지를 발전시키는 과정을 통하여, 우리의 경험은 육체적인 수준을 넘어 궁극적으로, 물질과 마음이 하나가 되는 순수한 에너지를 경험할 수 있게 한다. 그것이 실현되는 것은 무한한 성질을 가진다는 의미인데, 순수한 에너지는 어떤 시간에서나 어떤 공간에서나 경험될 수 있기 때문이다.

이러한 상황들은 언제나 실제로 있는 것이다. 마치 친구들이 언제나 우리 가까이 있는 것처럼 말이다. 순수한 에너지를 경험함으로서, 우리는 어떤 상황이 일어나든지 그 상황을 적절하게 다룰 수 있으며, 습관적으로 드러나는 부정적인 감정들은 줄어들게 된다. 또한 집착과 갈망, 아집으로부터, 더 이상 자신의 행동방식을 제한시키지 않을 것이다. 긍정적인 에너지는 스스로 치유되는 과정을 자연스럽게 발생시키며, 그 자체가 이미 치료제인 것이다.

육체적, 정신적인 문제를 발생시키는 여러 물질적인 요소들은 우리 스스로 해소시킬 수 있다. 우리의 몸이 건강해지고 활력이 넘치고, 모든 독소들이 제거되면, 우리의 마음 또한 확고해지고 깨끗하게 된다.

우리가 현재의 생활 속에서 삶에 대한 에너지를 경험하는 것은, 삶이 우리에게 줄 수 있는 혜택을 이용하는 것이며, 더욱 유익한 삶의 방법을 터득하는 것이다.

우리가 미세한 에너지를 다룰 수 있게되면, 그것을 육체적인 몸, 감정적인 몸, 그리고 정신적인 몸에 고루 분배할 수 있다. 긍정적이고 즐거운 기운을 직접적으로 느끼고, 몸과 마음에 활력을 갖게되면, 우리의 삶에 대한 경험과 내면적인 형태는 본질적으로 변화하게 된다.

긍정적이고 즐거운 기운은 우리의 몸 속에 있는 각 기관들을 통하여, 몸 전체의 조직체계를 타고 순환한다. 더 나아가, 우리 몸의 물리적, 화학적인 에너지는 전체적으로 전환되기 시작하며, 점차 몸과 마음은 균형을 이루게 된다. 우리의 몸은 삶의 긍정적인 모든 요소들에 열려있으며, 긍정적인 에너지를 통하여 우리의 몸은 실제로 재창조되는 기회를 얻는 것이다.

자각, 자가치유, 그리고 명상에 관한 안내서

제 3 장
명상

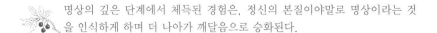

명상의 깊은 단계에서 체득된 경험은, 정신의 본질이야말로 명상이라는 것을 인식하게 하며 더 나아가 깨달음으로 승화된다.

명상의
실제

정신적인 훈련의 거의 대부분은 지정된 명상의 방식을 실천하는 것으로부터 이루어진다. 일반적으로, 명상이란 언어와 개념들이 결합해서 만들어진 생각의 한 형태라고 여기는 경우가 많다. 그러나 명상은 어떤 것에 대한 생각이 아니다.

명상을 통한 경험은 어쩌면, 개인적인 인식이나 의식에 관한 주관적인 내용으로 보일는지도 모른다. 그러나 우리가 명상을 통해 더 멀리 보게되면, 인식이란 주관적이지도 객관적이지도 아니하며, 또한 그것은 개념적으로 분석할 수 있는 것도 아니라는 것을 알게된다.

인식이란, 정신 그 자체가 자유로울 때 발생하는 본연의 열린 상태로서, 어떠한 방해를 받지도 혼란스러운 상태도 겪지 않는다.

명상 속에서의 인식은 완전하게 열려있는 공간과 같지만, 우리가 상식적으로 이해하는 그러한 공간은 아니다. 왜냐하면, 인식은 눈으로 볼 수 있는 공간이 아니기 때문이며, 어떤 특정한 형태나 모습을 갖지 않기 때문이다.

이러한 공간은 몸 밖에 존재하는 것도 아니며, 마음의 내부에 존재하는 것도 아니다. 그것은 정신적이거나 육체적인 것은 아니지만 고요함과 열린 상태, 그리고 조화로움에 대한 깊고 통합된 감각이며, 명상 그 자체의 경험이다.

전통적으로, 명상을 수행할 때에는 강한 집중을 하거나, 여러 이미지를 떠올려 시각화하거나 또는 만트라를 암송하는 것과 같은 검증되고 확실한 방법으로 시작하는 것이 중요하다.

스승은 제자들의 수준에 따라 개별적인 수행 방법을 정해야 한다고 강조한다. 예를 들면, 어떤 제자에게는 혼자 조용한 장소로 가서, 30~45분 정도 고요한 상태를 유지하라고 할 수 있다. 그리고 다른 제자에게는 산이나 바다로 가서 아주 큰 소리로 경전을 암송하라고 할 수도 있는 것이다. 또 어떤 사람들에게는 열린 마음으로 하늘을 응시하라고 지시할 수도 있으며, 헌신적이고 종교적인 수행 방법을 지시할 수도 있다. 이와 같이 수행방법은 그 수가 다양하며 제각기 고유한 특성을 지닌다.

그러나, 일반적인 수행 방법들은 우리를 고요하고 편안해지도록 만들며, 그 고요한 상태를 집중된 상태로 이어지도록 발전시키는 것이 중요하다.

이와 같이 명상은 우리가 지니고 있는 육체적, 정신적 문제들 모두를 실질적으로 처리하게 하고, 행복하고 즐거운 삶을 살 수 있도록 도와준다. 명상적인 경험을 통해서 우리가 우주 전체와 통합될 수 있다면, 삶은 조화로움 속에서 영원한 완전성을 향하여 움직이게 된다.

우리는 하루를 보내는 동안 분노와 원한, 좌절, 절망과 같은 감정들에 마음이 상하기도 하고, 간혹은 기쁘고 벅찬 행복감에 젖어들기도 한다. 그러나 이러한 감정들은 명상을 통하여 모두 편안하고 고요하게 전환시킬 수 있다.

명상을 처음 시작할 때에는, 고요하고 편안해지기 위한 구체적인 가르침을 따르는 것이 그저 쉽고 간단해 보일 수도 있다. 그러나 명상이 점점 깊어질수록, 그것은 단순히 생각과 감정을 다루고 편안해지게 하는 것, 그 이상을 의미한다.

명상은 인간의 마음과 존재의 본성을 찾으려는 구체적인 방안이며, 또한 포괄적인 진리를 깨닫게 하는 실질적인 과정이다. 우리는 그러한 지식을 얻기 위하여, 깊이 있는 명상을 하며 우리의 진정한 존재를 찾으려고 하는 것이다.

그렇다면, 우리는 어떻게 명상을 실천할 것인가?

첫 번째는, 육체적인 모든 긴장을 없애고, 근육을 최대한 이완시켜, 우리의 몸을 아주 고요하고 차분하게 해야만 한다. 그런 다음,

방해받지 않는 조용한 장소에서 편안한 자세로 앉아, 숨을 천천히 들이마셨다 내쉬었다 하면서 부드럽게 호흡한다. 그렇게 편안한 상태를 최대한 유지하면서, 온 몸의 신경조직은 점점 고요하게 된다. 마음의 상태가 고요함 속에 몰입될수록, 우리의 생각 또한 점차 고요해진다.

　내면을 고요하게 하는 방식들은 다양하지만, 너무 많은 설명들은 우리의 몸과 호흡, 정신을 자연스럽고 편안하게 하는데 혼란을 줄 수도 있다. 그러나, 명상이란 실천하기 어려운 일도 결코 이질적이거나 불가능한 것도 아니며, 우리 내면의 일부로서 언제나 우리와 함께 하는 것이다.

✿

　어떤 목적을 성취하기 위해 노력하는 그 자체가 편안함의 장애가 되는 것이라면, 그러한 노력은 바람직하지 못하다. 자신을 너무 강하게 밀어붙이거나, 어떤 방식을 고수하면서 억지로 힘겹게 따르는 것은, 오히려 마음만 복잡하게 하는 것과 같다. 다시 말해, 자신의 마음을 고요하게 만들려고 노력하는 동안, 스스로 내면의 상태를 만들어내며, 고요함을 얻는 것과 얻지 못하는 것에 대한 문제에만 극단적으로 사로잡힐 수 있다는 것이다.

　우리가 만일 완벽한 명상을 경험하기 위해 노력한다면, 끊임없이 내면적인 갈등을 만들어내고 결국은 포기하게 되는지도 모른다. 왜냐하면 명상에 대한 올바른 정립과 해석은 실제 명상을 통한 경험을 체험할 때만이 알 수 있기 때문이다. 그러므로 처음부터 명상자가 그러한 경험과 일치하는 것은 아니다.

그러나 모호한 방식이 아니라, 직접적이고 실질적인 명상을 실천하게 되면, 그것은 우리가 생각했던 명상에 대한 개념적인 이해를 훨씬 넘어 있다는 것을 경험하게 된다. 만일 어떤 노력을 하지 않고도 마음이 항상 편안하고 인정되어있다 할지라도, 명상은 누구에게나 필요하다.

명상을 배울 때, 처음부터 어떤 거부감도 두려움도 없는 자연스러운 명상은 최고의 경험을 맛보게 한다. 자신의 모든 생각과 느낌은 명상의 일부분이다. 우리는 누구나 그러한 상태를 체득할 수 있으며, 좀 더 발전적으로 변화시킬 수 있다.

이렇듯, 우리는 여러 미세한 층을 이루고 있는 마음의 상태를 발견할 수 있다. 마음의 발견은 자기 자신만의 고유한 자연스러움을 통해 명상이 진행되는 과정을 좀 더 쉽게 접근하여 관찰하게 한다. 상대성을 가지고 있는 마음의 층에서는 계속해서 선과 악을 구별하는 이중성을 지니지만, 참된 명상의 상태를 경험한 후에는 '명상은 ~이다' 라고 한정시키는 결코 '자아(自我)' 중심적인 주관적 개념은 벗어나게 된다. 그리고 자신이 경험하는 것은 어떤 외부적인 힘에 의한 것이 아니라, 마음 안에 들어선 완전하고 고유한 힘과 같은 존재로 여겨질 것이다.

우리는 안 좋은 기억이 떠오르거나 불안감이 일어나면, 마음이 편칠 않다. 그리고 그러한 생각을 떨쳐버릴 어떤 특정한 생각을 떠올리지 않는 한, 불편한 마음은 사라지지 않을 것이다. 그런 식으로 우리는 한 가지의 생각을 잊기 위해 다른 생각을 떠올린다. 그러나 억지로 다른 생각을 떠올리거나 생각나는 것을 애써 잊으려할 필요는 없다.

명상에 대하여 억지로 이해하려 하지말고, 오직 자신의 마음을 편안하게 하라 마음을 풀어놓고, 단순하게 자신을 받아 들이라. 자신의몸과 호흡, 생각, 감각, 인식 등으로 이루어진 모든 존재는 모두 명상의 일부분이다. 자신이 갈망하는 것에 대하여 걱정하지 말라. 우리는특정한 경험을 하지 못할까봐서 미리 걱정할 필요가 없다. 에너지의 모든 범위는 모두 명상의 일부분이 아니던가.

어떤 고명한 티베트의 라마(Lama, 승려)는 명상에 대하여 이렇게 말했다. "최고의 물은 굽이굽이 흐르는 물이다. 바위 위로 굽이쳐 흐르는 물은 그 성질 자체만으로도 정화된다. 마찬가지로, 최고의 명상은 끊임없이 흐르고 있는 것이며, 그 본질 자체가 자유로운것이다. 집착은 한 가지의 상태로 자신을 정체하게 만드는 것이니, 명상 속에서의 자유로움은 얼마나 아름다운 것인가!" 그러자 어떤제자가 물었다. "스승님은 명상을 하실 때, 어디에 집중을 하십니까?" 스승은 자신의 주관이 개입되지 않은, 어떠한 형태도 목적도존재하지 않는 곳이라고 대답했다.

우리가 깊이 있는 명상의 경험을 하게 되면, 마음의 본질이 바로명상이라는 것을 알 것이다.

명상 그 자체는, 실질적으로 '깨달음'이며, 명상을 통한 경험은모든 것으로부터 벗어난 것인 동시에, 자유로운 표현인 것이다.

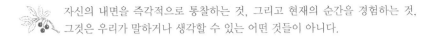

자신의 내면을 즉각적으로 통찰하는 것, 그리고 현재의 순간을 경험하는 것, 그것은 우리가 말하거나 생각할 수 있는 어떤 것들이 아니다.

생각
관찰하기

명상을 가르치는 방법 중에는, 타인의 경험을 집중적으로 분석하는 경우도 있는데, 이렇게 명상에 대하여 분석하는 것은, 인식능력과 집중력을 발전시키기 위해서 특별히 사용하는 방법이다. 그러나 이러한 분석을 통한 이해와 정신적인 통찰력은 규정된 범위 안에서만 가능한데, 그 이유는 생각이 깊어진 단계에서는, 생각 그 자체가 정지하기 때문이다.

생각이란, 정신의 이성적인 한 부분이며, 언어를 사용하지 않고는 제 기능을 할 수 없다. 그러한 생각이 정지할 때 남겨지는 것은, 경험을 통해 사실이라고 인정되는 것, 즉 일시적인 확신일 뿐이다. 지적이고 이성적인 생각을 모두 놓아버리면, 우리는 즉각적인 경험이 일어나는 섬세한 에너지에 깊이 접근할 수 있다.

어떤 명상 수행자들은 생각과 감정을 즉각적으로 초월하고, 명상에 잠기는 인식의 경험으로 바로 들어갈 수 있다. 우리는 이러한 명상자와 명상과의 관계는 무엇인지, 그러한 관계가 어떻게 성립되는지, 그리고 실제로 자신의 생각과 느낌을 인식하고 관찰하는 자는 누구인지에 대하여 분석하는 것은 우리에게 많은 도움이 될 것이다.

명상에 대하여 명확하게 분석하면서 더욱 깊이 있게 고찰한다면, 더욱 빠른 속도로 명상을 경험할 수 있다. 그 상태에서는 어떠한 질문에 대해서도, 그것에 대한 답변은 방대한 선견을 발휘하게 하며, 삶에 대한 의문과 불신들은 점차 줄어든다. 그런 다음, 이러한 분석이 중지되기 시작하면서, 명상의 상태는 즉각적이며 능동적으로 자연스럽게 이어진다.

처음에 분석적인 명상을 시작할 때는, 우리가 한 시간동안 얼마나 많은 생각을 하는지 편안하게 관찰하면서 헤아려 보는 것이 좋다. 긍정적인 것과 부정적인 것에 대한 범주를 나누어 기록하면서, 적어도 일주일 동안 매일 실행한다.

그런 다음 한 가지의 특정한 생각을 끄집어내어, 가능한 오랫동안 그것에 대하여 생각해 보라. 그때, 우리는 긍정적이든 부정적이든 분명 어떠한 느낌이 찾아들 것이다. 일단, 최대한 그 생각과 느낌을 놓치지 말고 유지하라.

다른 생각을 끼워 넣지도 말고, 오직 한 가지의 생각에만 집중해야 한다. 그러한 생각에 대해서 어떠한 판단을 내려서도 안되며, 단지 떠올려진 생각 그 자체로 두어야만 한다. 생각이 완전히 사라지게 되면, 다른 생각을 가지고 다시 시작하도록 한다. 그런 식으로 하루에 네 다섯 번 정도 시도한다.

이러한 훈련을 한 다음에는, 자신의 생각과 느낌을 인식하고 관찰하는 자가 누구인지 그리고, 그 관찰자와 자신의 관계에 대하여 고찰해본다.

자신을 보는 자는 누구인가?

일반적으로, 그것은 자신의 인식이라고 말할는지도 모른다. 아니면, 우리의 직관이 자신의 의식이나 주관적인 마음을 보고 있으며, 나 자신과 에고를 보고 있는 것도 직관이라고 말할는지도 모른다. 그렇다면, 어떻게 나의 존재가 생각과 연결된다는 것인가?, 그리고 어떻게 그것들이 함께 작용한다는 것인가? 나와 나의 정신과의 차이점과 갈등은 무엇인가?

이러한 것에 대하여 분석을 하기보다는, 경험을 통해 계속해서 고찰해 보라.

우리가 자신의 경험을 깊이 관찰할수록, 이러한 물음에 대한 직관적인 답변을 발견할 것이다. 그러나 주의 깊게 생각을 관찰하지 않는다면, 자신의 경험에 대하여 성급하게 판단하고 쉽게 결론을 내려버릴 것이다. 그렇게 되면, 우리는 내면의 깊은 곳에 이를 수 없게 될 것이며, 우리가 가진 의문들은 단순히 외부적인 것에서만 그 답을 얻을 것이다. 왜냐하면 우리가 할 수 있는 모든 경험은 결론을 구하는 판단으로 한정되는 것이 아니기 때문이다.

'나는 주체이다.' 라는 의미는 나는 자각하며, 생각, 느낌, 기억, 상상 등을 경험한다는 것이다. 그렇다면, '나' 라고 하는 존재와 내가 하는 '경험'은 서로 다른 상태를 가지고 있는데, 어떻게 나와 나의 경험이 서로 연결이 될 수 있는 것일까?

만약 나와 나의 경험이 같은 것이라면, 내가 존재하고 있다는 것을 어떻게 경험한단 말인가? 아니면, 나와 나의 경험이 다른 것이라면, 그 차이점은 무엇이란 말인가? 우리가 어떤 특별한 경험을 했을 때, 언어나 이미지를 사용하지 않고, 또한 결론적인 판단 없이도 그것에 대하여 직접 설명할 수 있을까?

즉각적인 경험이 일어나는 순간에, 우리가 말하거나 생각할 수 있는 것은 아무 것도 없다. 언어와 개념을 보관해둘 수 있는 어떤 것도 존재하지 않으며, 경험 또한 말이나 생각 속에 있는 것이 아니다.

우리는 모든 문제들이 경험 그 자체에 함께 녹아들어 명상이 되는 것을 발견할 것이다. 다시 말해, 우리의 내면적인 언어와 생각, 그리고 그 모든 관계들이 용해된 후에, 우리는 오직 경험 속에 남아있는 상태가 된다. 경험하는 자가 없는 경험 속에서 원하는 만큼 머무를 수 있는 것이다.

그러나 이런 경험을 반드시 해야 한다는 강박관념에 얽매이지 말라. 명상을 하고 있거나 경험을 하고 있다고 생각하지도 말라.

무슨 일이 일어나고 있는지, 어떻게 그런 일이 일어났는지에 대해서도 걱정하지 말고, 다만 있는 그대로의 경험을 인정하라. 어떤 경험이 일어난 후에도 자신의 경험을 다시 돌이키려 할 필요가 없으며, 거기에 더 이상 머물러 있지 말라.

만일 어떤 특별한 언어나 이미지가 떠오르거나 또는 개념이 잡힌 경우, "그것은 좋다.", "나는 이제 그것을 깨달았다.", "이제 그것을 명확하게 이해한다."라는 생각이 든다면, 그것에 대하여 어떤 말이나 해석을 하지 않을 때까지, 계속 반복해서 생각을 한다.

아무리 훌륭한 명상자라고 해도, 생각의 끊임없는 과정으로부터 자신의 마음이 자유로워질 때까지는 보통 여러 해를 보낸다. 그러므로 우리는 명상을 바르게 배우고 정확한 훈련과정을 익히기 위해서는 자신에게 주어진 시간을 가치 있게 보내야 한다.

예를 들어, 우리가 '원자력'에 대한 자세한 지식 없이, 어떤 폭발 장치를 만들어 내려고 한다면, 아마도 몇 백년이 걸릴지도 모른다. 그러나 우리가 원자력에 대한 정확한 지식을 가지고 있다면, 큰 문제없이 핵반응을 일으키는 물체를 만들어 낼 것이다.

명상을 더욱 높은 차원으로 이끄는 신비하고 비밀스러운 절차와 같은 비전된 가르침들은, 밖으로 드러나지도 않으며, 어떠한 견해도 취하지 않으며, 또한 명상 중에 일어난 어떤 현상에 의지하게끔 하는 것은 더욱 아니다.

우리가 바로 명상을 할 수 있는 방법을 알게되면, 일반적으로 추측할 수 있는 생각을 빠르게 뛰어넘을 수 있으며, 올바른 안내와 함께 매우 짧은 시간동안 부정적인 카르마(Karma, 행위)로 인한 여러 생을 변화시킬 수 있다. 이러한 신비한 명상의 지식으로, 우리는 자신이 지니고 있는 영감의 원천을 스스로 유지하게 된다. 또한 자아나 어떠한 대상에게도 쉽게 흔들리지 않을 것이며, 어떤 상황이 일어나더라도, 그것에 휘말리지 않게 될 것이다.

　명상은 시간과 감각을 초월하고 주관적이고 객관적인 모든 관계들을 넘어선다. 우리는 명상을 통하여 이러한 삶의 조건들을 극복하고, 이지적이고 이성적으로 생각하는 의식의 단계를 뛰어넘는다. 삶의 의식의 한 면은 생각과 감정, 부정성을 지닌 모든 존재들로 구성되어 있으며, 또 다른 한 면은 매우 정교한 에너지의 단계로 이루어져 있다.

　우리는 깊이 있는 명상을 통하여 삶의 정교한 에너지를 직접 경험할 수 있다. 그것은 순수한 에너지 그 자체가 깊은 명상이기 때문이다.

불안함
전환하기

삶에 대한 자각은 자신의 에너지를 통하여 언제라도
경험할 수 있는 것이다. 그러나 우리가 감정적으로 얽매이고 뒤틀
어지게 되면, 자신에게 실제로 무슨 일이 일어났는지에 대해서 판
단하지 못하며, 모든 것을 분명치 않은 상태에서 피상적이고 형식
적으로만 파악하게 된다. 그렇게 되면, 우리는 다른 사람들과 대화
하고 어울리는 것을 피하게되며, 능동적이고 자유로운 마음이 상
실된다. 그리고 걱정과 슬픔에서 도피하려는 마음 때문에, 모든 가
능성을 차단시키려 한다.

우리는 곧잘 과거에 고통스러웠던 기억이나 현재의 골칫거리들,
또는 무엇인가 불만족스럽거나, 어떤 두려움이나 죄의식에 사로잡
혀 있는 자신을 종종 발견한다. 우리의 에너지는 감정적으로 너무
나 잘 얽매이기 때문에, 대체로 마음이 혼란스럽고 근심거리가 많

아서 긴장된 상태로 지낼 때가 많다. 명상을 할 때, 압박감과 긴장감과 같이 내재되어 있는 감정들이 작용하게 되면, 우리는 그런 감정들로부터 스스로 자유롭게 되는 방법을 터득할 수 있다.

모든 감정들이 눈과 입을 가지고 있지는 않지만, 우리의 에너지를 빨아들이고 우리를 홀릴 수도 있으며, 자연스러운 일상을 파괴할 수도 있다. 감정이란, 자신의 느낌을 인위적으로 만들어내면서, 그것에 스스로 빠져들게 하는 힘을 가지고 있다.

사람들이 먹는 음식에 소금이 필요한 것처럼, 언제나 자신의 감정을 소중히 생각하거나, 반드시 필요한 것처럼 여긴다. 그러나 우리가 그토록 소중히 여기는 감정이란 것은, 대부분 쾌감으로 시작해서 마지막에는 고통으로 종말을 고하는 위험하고 불안정한 요소일 뿐이다.

우리가 극단적으로 감정적인 상황에 놓여있을 때나, 긴박한 상태에서는 앞뒤 상황을 분간하지 못하기 때문에, 자각능력 또한 흐려지게 된다.

대부분의 사람들이 지니고 있는 감정은, 대체로 원인 모를 불안함을 동반한다. 그리고 어떻게 하면 불안함으로부터 벗어날 수 있는지 알지 못한다. 불안함이란 겉으로 보기에는 큰 문제 같지 않지만, 인간의 의식에 관심을 기울이지 않는 한, 그 불안함은 몸과 마음의 균형을 완전히 깨고, 명상을 통한 경험이 일어나지 못하도록 에너지를 차단할 수도 있다.

우리의 삶에 주어지는 기회는 긍정적이고 명확한 인식을 하지 않으면 절대 오지 않는다. 불안함은 우리에게 혼란과 불만족, 단절감을 일으키고 자아를 상실하게 한다. 그리고 우리가 느끼는 불안함을 그냥 방치해둔다면, 그것은 점점 부풀어져 나중에는 제어하기 어렵게 된다.

우리가 필요로 하는 것이 때로는 매우 지나친 요구가 될 수 있다. 또한, 우리는 계속 자신을 만족시킬 무엇인가가 필요하다고 느낀다. 우리에게 어떤 자극이 필요하거나 자신을 지지해줄 만한 것이 필요하다고 느끼는 이유는, 자신에 대한 확신이 부족하기 때문이다. 그렇기 때문에, 우리는 친구들이나 이성적인 대상, 물질적인 것들에서 충족감을 얻으려하며, 그러한 것들에게서 멀어지게 되면, 혼자라고 느끼게 된다. 불안함은 우리 몸의 모든 에너지를 고갈시키는 것이다. 우리에게 에너지가 빠져나가면, 마음은 온통 허전해지고, 매사에 의기소침해지며, 모든 희망이 사라지게 된다.

우리는 오로지 끊임없는 열망을 통해야만 자신에 대한 성취감과 만족감을 얻을 수 있다고 생각한다. 간혹 일시적으로나마 자신을 만족시키는 것을 만들어내기도 하지만, 그러한 만족감은 보통 더 큰 걱정과 불안감을 가져오기 때문에, 대부분 단 시간 내에 끝장이 나고 만다.

거의 모든 인간은 자신의 존재를 알기 시작할 때부터 불안함을 갖게 된다. 갈망과 집착이 양초라면 불안함은 그 양초의 불꽃과 같다. 다시 말하자면, 이렇게 계속적인 좌절감에 빠지는 이유는, 끝없는 연속인 삼사라(*Samsara*, 윤회)때문인데, 삼사라는 우리가 진정으로 원하는 것을 얻지 못하기 때문에 생기는 고통을 의미한다.

우리는 자신의 외적인 상황을 따라가기 마련이다. 보통 자신에 대한 신뢰감이 모자랄 때, 대부분의 사람들은 어떤 의미나 가치를 갖지 못하고, 그냥저냥 살아가게 된다. 그러나 우리의 삶에서, 기쁨과 고통이 시소처럼 오르락내리락 하지 않도록, 균형있는 조절을 한다면, 자신의 내면에서 만족감을 찾고, 집착에서 벗어남으로서 진정한 성취감을 얻을 것이다.

❦

우리가 삶에 대하여 아무리 잘 아는 것 같아도, 실제로 자신이 가지고 있는 문제들은 언제나 미묘한 의식의 깊숙한 곳에 존재하고 있기 마련이다. 우리는 나름대로 자신의 문제들을 개선할 수 있는 여러 가지 방법을 가지고 있다. 그러나, 현실적으로 어떤 문제가 발생하고, 그 문제를 어떻게든 해결하고 난 다음에는, 마치 밑빠진 독에 물 붓는 식으로 더 큰 좌절감에 빠지거나, 뭔지 모를 허탈감과 불만족스러운 기분을 갖게 된다.

이와 같이, 우리 삶의 문제는 계속해서 발생하고 있으며, 그 계속되는 문제들에 연이어 걸려들고 있다. 그러나 그러한 문제들이 근본적으로 해결되지 못한 채, 그 순간만을 모면한다면, 결국에는 더 큰 문제로 악화되어 버리는 경우가 많다. 마찬가지로 우리가 외부적인 것들에 대하여 어떤 긴장감을 느낄 때에도, 우리는 자신의 감정을 분출시키면서 긴장감을 해소할 수 있다.

어떠한 긴장된 상태라도 그것이 일단 지나가고 난 후에는, 대부분의 사람들은 더욱 가벼운 마음으로 편안함을 느끼게 된다. 그러나, 긴장상태를 유발시키는 문제는 단지 다른 상태로 잠시 옮겨간 것일 뿐, 근본적으로 해결된 것은 아니다.

어떤 문제가 자신이 바라는 상태로 아무리 좋게 변화한다 할지라도, 문제는 여전히 남아있는 것이다. 왜냐하면 해결되지 않은 내부의 문제들은 언제라도 유사한 방식으로 계속 반복되기 때문이다.

우리는 모든 부정적인 것들과 싸워 나가겠다고 굳은 다짐을 할수도 있겠지만, 싸움이란 거의 부정적인 에너지로 지속되는 것이며, 시간이 지날수록 자신에게서 멀어지며 고통스럽게 한다. 그것은 부정적인 요소들은 없애려고 할수록 더욱 강해지는 성질을 가지고 있기 때문이다.

그러므로 우리는 자신의 문제를 다루기 위해서는 긍정적인 접근법이 무엇인지 모색할 필요가 있다. 그러나 첫 번째로 이해해야 할 것은, 의식이란 단지 습관화된 형식들을 모아 둔다는 것이다.

형식이란, 아무리 그것이 정착되고 존속된다 하더라도, 실질적인 내용을 담고 있는 것이 아니다. 형식은 상황에 따라 얼마든지 바뀔 수 있으며, 조정될 수 있는 것이다.

부정적인 요소들이 의식의 틀을 고정시킨다 하더라도, 그러한 형식들은 언제라도 깨질 수 있는 것이다. 그렇게 습관화된 형식들이 우리의 마음속에서 늘 작용하고 있다는 것을 이해하고, 꿈꾸던 인식이 실제로 깨어나기 시작한다면, 인식은 통찰력을 가지고 우리가 가진 모든 문제들을 전환시킬 것이다.

우리가 갈등 속에서 헤매지 않고, 자신의 마음을 잃어버리지 않는다면, 모든 상황을 명확하게 파악할 수 있을 것이며, 부정적인 에너지는 긍정적인 에너지로 전환될 것이다. 그렇게 되기까지는 실질적인 훈련이 필요하기도 하지만, 우리가 본질적인 인식을 자각하고 있다면, 모든 파괴적인 상황을 빠르게 보고, 침착하게 문제를 해결할 수 있을 것이다. 그렇게 되었을 때, 비로소 자신의 마음에 평화와 즐거움이 스며들기 시작할 것이다.

마찬가지로, 명상중이나 일상생활에서 어떤 문제가 발생할 때도, 우리는 습관적인 행동방식때문에 감정적으로 상황을 대처하려고 하며, 더욱 문제에 갇혀버리곤 한다. 그럴 때에는, 마음을 열고 균형을 찾으면서 상황을 바르게 인식하도록 한다.

예를 들어, 극단적으로 화가 날 때에나, 참지 못할 슬픔에 빠질 때면, 강한 집중을 통하여 전체적인 상황을 철저하게 바라본다. 그런 다음에 그 상황을 직면한다면, 불안함과 고통은 사라질 수 있다. 왜냐하면, 우리는 실제로 아무 것도 없는 허상을 보고 있기 때문이다.

우리는 마음을 여러 방향으로 전환시키는 훈련을 통하여, 긴장되고 절망적인 상황에서 빠르게 벗어날 수 있다. 우리의 내면에서는 기쁨과 슬픔이 계속해서 교차하며 발생하고 있으며, 실제로 어떤 식으로 교차하고 있는지, 도대체 무슨 일이 일어나고 있는지를 면밀하게 바라보아야 한다.

어떤 일에 있어 처음에는 긍정적으로 생각할 수도 있지만, 같은 일이라도 다음에는 부정적으로 생각 할 수도 있다. 어떤 때는 정말로 의기소침해져서 눈물이 나오다가도, 금새 마음이 변해버려 웃음이 나올 수도 있다. 어떻게 이런 감정이 일어날 수 있는 걸까? 정신적으로 상반되는 상태가 교차되면서 실제로 우리의 마음이 제어될 수 있는 걸까?

이러한 훈련을 하는 것이, 어쩌면 정신 분열증 환자처럼 보일 수도 있다. 그러나 그러한 과정을 통해서, 우리는 내면의 의식에서 중요한 변화가 일어나는 것을 발견하게 되며, 자신과 세상을 객관적으로 바라볼 수 있게 된다. 아무리 슬픈 일이라 해도, 그것이 그렇게 심각한 것이 아니며, 사소하게 느끼는 즐거움 또한 하찮은 것이 아니다.

삶은 불과 몇 년 전 보다도 훨씬 빠르게 변화하고 있다. 수많은 흥미거리들과 새롭게 우리를 유혹하는 것들은 하루가 다르게 변모하고 있으며, 그것은 생활 속에서 우리와 함께 공존하고 있다. 우리의 경험을 통해서, 처음에는 너무도 강렬하고 흥미진진하게 보였던 것들이 나중에는 그것이 얼마나 어리석은 짓이었는지 깨닫곤 한다. 우리가 겪고 있는 어려움 또한 마찬가지이다. 우리가 넘어설 수 없는 것은 존재하지 않으며, 어떤 것도 영원히 남아있는 것은 없다.

그러나 실제로는 모든 것을 넘어서기란 쉽지 않다. 왜냐하면, 우리는 자신이 어떻게 행동하고 있다는 것을 인식하지 못하고 있기 때문이며, 부정적인 감정들과 계속 싸우면서 여전히 부정적인 행동방식을 고수하고 있기 때문이다.

우리가 자각하지 못한 채로 슬퍼하고 우울해 한다면, 그것은 마치 단지 속에 잡혀있는 꿀벌과 같이, 부정적인 행동방식 속에서 빠져 나오지 못하고, 같은 식으로 계속 윙윙거리며 맴돌게 될 것이다. 그러나 우리가 고수해왔던 행동방식 속에서 완전히 빠져 나오게 되면, 감정적인 모든 문제들과 부정적인 태도들은, 우리가 배우는 과정의 일부분이 된다.

우리는 인식이라는 의미에 있어서, 감정이 일어나고 사라지는 것에 대하여 매우 섬세해질 수 있다. 인식이 더욱 발전할수록, 긍정적인 행동을 통한 삶의 변화는 시작될 것이다. 그 예로, 각성된 인식을 가진 사람의 3주일은 그렇지 않은 사람의 3개월과 맞먹는 삶의 질을 갖는다.

우리가 자신의 몸과 마음을 깨어있는 인식 속에서 지켜나갈 때, 우리의 모든 생각과 행동은 발전적인 변화를 보일 것이며, 삶의 균형을 깨뜨릴 수 있는 어떤 상황 속에서도 즉시 자신의 인식을 찾아나갈 수 있다.

우리가 수영을 배울 때, 처음에는 손동작과 발 동작을 배우다가, 그런 동작들에 점점 익숙해지면서 마침내 물에 뜰 수 있게 된다. 처음에는 고작해야 5~10분 정도를 넘기지 못하다가, 연습이 늘어감에 따라 자신이 원하는 만큼 물에 떠 있을 수 있게 된다.

명상 또한 마찬가지이다. 우리가 언제나 열린 자세로 행동하고 자신을 유지한다면, 우리의 명상 또한 계속적으로 발전할 수 있다.

불안함은 우리가 자신의 내면을 자각하지 못하고, 스스로 많은 문제를 지니고 있기 때문에 생겨나는 것이다. 불안함을 다룰 수 있는 최고의 방법은 명상이다. 명상을 통해서 우리는 자신의 감정을 통제할 수 있으며, 몸과 마음의 문제들에 더 이상 얽매이지 않을 수 있다.

불안함이란 근본적으로, 고요한 상태에서 누그러질 수 있으며, 우리 자신도 고요한 상태를 통하여 모든 문제들을 직접 대면할 수 있다. 더 이상 불안함을 피하려고 도망치지 말라.

우리의 모든 긴장과 장애는 자연스럽게 해결되는 것이다. 그러므로 더 이상 집착과 근심의 순환 속에 스스로 휘말리지 말고, 자신의 몸과 마음의 균형을 찾음으로서 삶을 즐겁게 하라. 그것이 명상의 첫 번째 단계이다.

우리가 진정으로 자신을 발견하는 과정을 거치게 되면 실제로, 자신이 누구인지 자각할 수 있게 된다. 그러한 영감은 자신의 내면으로부터 나온 것이며, 이미 내면의 진리와 자아에 대한 깨달음을 얻은 것이다.

내면의
확신

영적인 확신을 얻는 것은 세상에서의 확신을 얻는 것보다 훨씬 더 어려운 일이다. 우리는 자동차 운전이나 잔디 깎는 기계 사용법, 또는 다양한 주제로 토론하는 것에 대해서는 쉽게 배울 수 있다. 그렇지만 자신의 내면에서 확신을 얻을 방법은 어디서 어떻게 배울 것인가? 그것을 배울만한 구체적인 방법은 없다.

그러나 명상을 통해 얻은 확신과 내면적인 힘을 가지고, 우리는 자연스럽게 내면의 진리를 발견할 수 있다. 그리고 경험을 통하여 얻어진 확신은 우리에게 헌신적이고 감상적인 믿음이란 실제로 그렇게 중요한 것이 아니라는 것을 깨닫게 한다. 중요한 것은 자신에게서 믿음과 진실을 배우는 것이다.

단순히 추상적인 생각이 떠오른 것만을 가지고, 무슨 일이 일어난 것처럼 받아들이는 것이 아니다. 마음이 열린 상태에서는 판단이 자유롭다.

일반적으로 일어나는 경험을 바라보면, 주관적이지도 객관적이지도 않다. 또한 그러한 경험이 하나로 연결되어 있다는 것을 자연스럽게 알아갈 때, 영적인 방향은 우리의 삶의 일부가 된다.

명상적인 경험이 삶의 진정한 일부가 될 때, 영적인 성질은 자연스럽게 일상적인 삶 속에서 표현되는 것이다. 그리고 우리가 대하는 어떤 상황에서도 명상적인 인식이 통할 수 있다는 확신을 얻을 수 있다.

이러한 영감과 자기에 대한 확신은 자신에게 실질적인 스승이 되며, 이러한 내면의 안내자를 만나게 되었을 때, 우리는 자신의 경험과 자신이 처한 현실에 대하여 언제나 올바르게 말할 수 있다.

우리에게 일상적인 삶이란, 삶에 대해서 실질적으로 배울 수 있는 모든 과정을 의미하는 것이다. 우리가 지니고 있는 몸과, 생명을 유지하게 하는 호흡, 그리고 주변의 모든 환경들, 이 모든 것들은 우리의 지식을 성장시키는 살아있는 자료들이다.

우리가 자신을 비하하지 않고, 자기 중심적인 생각들로부터 벗어나 모든 감정들에 집착하지 않는다면, 주변의 모든 것들로부터 생생한 지식들을 얻을 것이며, 그러한 지식들을 몸소 경험하게 될 것이다. 자신이 스스로 경험한 모든 지식들은 긍정적이고 강한 내면의 에너지로 퍼져나갈 것이다.

그러나, 깨달음을 얻을 수 있는 잠재력은 언제나 자신의 내면에 존재하고 있는 것이지만, 우리는 스스로 절대와 상대를 나누려는 이원론적인 마음에 갇혀 있기 때문에, 대부분의 사람들이 진정한 삶을 경험하지 못한다.

거의 모든 문화와 종교는, 예전부터 존재의 이원론적인 관점에 대하여 많은 설명을 하려고 하는데, 많은 사람들은 종교의 엄정한 교리와 체계들에 대하여 부담감을 느낀다.

왜냐하면 일반적으로 사람들은, 자신이 어려운 상황에 처하게 될수록, 그런 상황에 대하여 제대로 인식하려 하지 않고, 오히려 자신을 분열시키는 성향을 가지고 있기 때문이다.

보통 우리가 어떤 문제에 지나치게 집착하게 되면, 자신의 마음을 통제하지 못하거나, 아니면 그 문제에 대하여 끊임없는 평가를 하면서 시간과 에너지를 낭비한다.

그러나, 명상을 통한 경험이 깊어지게 되면, 어떤 일에 대하여 '좋다, 나쁘다' 평가를 내리는 것이 불필요하다고 느끼게 되며, 안정적이고 조화로운 마음이 이원론적으로 생각하는 것을 감싸 안는다. 그리고 이러한 정신적인 진실은 우리의 일상 생활과 자기 자신의 내면이 성장할 수 있는 직접적인 근거가 되는 것이다.

어떤 사람들은 이 세상과 우주의 모든 것을 이해하고 지배하는 절대적인 존재가 어딘가에 존재하고 있다고 생각할지도 모른다. 그러나 천국이란, 어디에 있는지도 모르며 어떤 특정한 장소에 따로 있는 것도 결코 아니다. 우리에게 다가오는 상황을 있는 그대로 받아들이고, 내면의 안내자가 인도하는 길을 온전하게 따른다면, 절대적인 존재란 다름 아닌 우리의 직관이며 우리의 마음인 것이다.

마음을 깨우치고 인식을 발전시키기를 원한다면, 스스로에게 다음과 같이 질문해 보라. "나는 어디에 있는가? 그리고 무엇을 하고 있는가?" 이러한 물음들은 우리가 명상을 하고 자신을 발견할 수 있는 특별한 상황에 집중할 수 있도록 도움을 줄 것이다.

우리가 명상을 하는 동안, 마음이 몹시 고요해져 아득해지고, 지극히 평화로운 상태가 지속된다 하더라도, 그것은 자신이 속해있는 가족들에게서 멀어지거나, 일상 생활로부터 벗어나는 것을 의미하는 것이 절대 아니다.

사람들은 누구든지 해결하기 어려운 일들을 가지고 있으며, 언제라도 자신에게 일어나는 사건들 때문에 압박당할 수 있다는 것을 알아야 한다. 그러나 우리가 이러한 상황들로부터 벗어나려고 애쓰는 대신, 그것을 배움의 수단으로 이용한다면, 강인한 내면의 힘을 유지할 수 있다.

심지어 불안함과 분노가 극에 달한 상태일지라도, 우리의 근본적인 에너지는 모든 상황을 넘어 설 준비가 되어있다. 깨달음에 대한 잠재력은 우리의 마음에 존재하고 있으며, 일상적인 삶 속에도 존재하고 있다. 그리고 명상을 통하여, 우리는 실질적인 깨달음에 도달할 수 있다.

또 한가지 중요한 것은, 명상을 할 때 우리가 느끼는 감정들(긍정적이든 부정적이든)을 모두 동일한 것으로 여겨야 한다는 것이다.

어느 특정한 느낌이 좋다고 해서 그것을 추종할 필요가 없으며, 반대로 고통스러운 느낌을 피하려고 억지로 애쓸 필요도 없다. 말하자면, 부정적인 마음속에도 어떤 긍정적인 성질이 존재하고 있다는 것이다.

어떤 감정이라도 그것을 더 이상 피하거나 거부할 필요가 없으며, 그렇다고 그것을 동일시 할 필요도 없다. 다만, 오직 있는 그대로 그것을 경험할 뿐이다. 왜냐하면, 우리의 인식이 발전하고 성장함으로서, 모든 부정적인 감정들을 넘어서기 때문이다.

명상으로서의 진정한 경험은 우리의 참다운 본성이 무엇인지 꿰뚫는다. 참다운 본성에 대하여 경험하는 그 순간이, 바로 진정한 기쁨의 순간이다.

우리가 무언가를 할 때에도, 그것에 대하여 온전하게 인식하고 있다는 것은, 형식적인 명상을 하는 것보다 훨씬 중요한 의미를 갖는다. 매 순간 자각된 상태를 유지할 수 있다면, 자신에 대한 확고함은 점점 더 굳건해질 것이며, 나와 다른 사람과의 사이에서 일어나는 결정적인 말과 생각, 행동들에 대하여 궁극적으로 이해할 것이다.

일상적인 삶 속에서 그러한 이해가 생겨난다면, 우리의 마음은 계속해서 열릴 것이며, 모든 감정과 문제들은 더 이상 우리를 제압하지 못하게 된다.

과학자들이 연구실에서 여러 이론들을 가지고 실험하는 것처럼, 우리도 일상생활 속에서 자신을 다각도로 점검해 볼 수 있다. 만일 우리가 매사에 만족스럽고 편안하게 느낀다면, 그것은 우리의 정신이 명확하고 마음이 열려있다는 증거이며, 내면의 진리에 접하기 시작했다는 것을 의미한다.

자신의 삶이 영적으로 발전하기 위해서는, 믿음을 가지고 진리를 따르려는 태도가 가장 중요하다. 한두 해 정도는 누구라도 그것에 대하여 관심을 가지고 버틸 수 있을 것이다. 그러나 점차 시간이 흐를수록 외부적인 세계와 갈등이 일어나기 시작하고 마음이 복잡해져서, 영적인 방향을 고수하며 살아가기가 어렵게 된다.

주변의 모든 것들은 명상과 내면의 고요함, 깨달음, 이러한 것들과는 관계없이 자신을 유혹하는 것처럼 보이기 때문이다. 게다가 우리는 명상 자체를 낙담하며, 자신이 쓸데없는 일에 시간과 에너지를 소모하고 있다고도 생각하게 된다.

명상을 한다는 것은, 실제로 무슨 일이 특별하게 일어나는 것은 아니기 때문에, 결국은 포기할 수밖에 없게 된다. 그러므로 어떤 상황에서든지 주의 깊은 행동을 하고, 스스로 용기를 북돋는 것은 자신의 삶의 방향에 있어서 매우 중요한 일이다.

그 이유는 한 가지의 부정적인 생각으로 인해, 자신의 삶의 방향이 완전히 바뀔 수도 있기 때문이다. 깨달음이 일어날 수 있는 잠재력은 어떤 순간에도 존재하는 것이지만, 동시에, 모든 것을 파괴시킬 수 있는 잠재력도 함께 존재하고 있는 것이다.

세상은 끊임없는 욕망으로 시들어가도, 삶에 대한 확고한 방향만 잃지 않는다면, 어떤 상황에서도 스스로를 보호할 수 있다.

최초에 진리를 향해 가려했던 그 마음을 계속 지키는 것은, 자신의 길을 가는 과정에 있어서 가장 필요한 자세이다. 진리를 받아들이려 하는 사람은 결코 물러서지 않는다. 그러한 내적인 강인함은 실재를 발견하기 위한 가장 기본적인 태도이다.

우리의 삶은 대체로, 자신이 진정으로 원하는 것에 관심을 기울이지 않고, 습관적으로 남들을 따라하는 경향이 많다. 그런 기간이 길어질수록, 우리는 점점 삶의 본질에 대하여 등한시하게 되고, 자신에 대한 어떤 확신도 가지지 못하게 된다. 그것은 결국 자신의 삶에 대한 패배감으로 다가와 자신을 나약하게 만드는 원인이 된다. 이러한 나약함은 부정적인 감정과 파괴적인 형태로 바뀌어 결국, 삶의 균형을 깨뜨리고 만다.

자신의 내면에서 진정으로 원하는 것을 거절하고 나면, 그것을 다시 알아내기란 쉽지가 않다. 그것은, 우리의 모든 관점과 동기가 이미 변해버렸기 때문이다. 그러나 암흑 속에서 길을 잃고 헤매고 있을 때, 마침 그 길에 대하여 잘 아는 사람을 만나는 것처럼, 우리가 내적으로 강해지고 삶에 대한 진정한 인식을 하게 된다면, 자신이 원하는 것과 해야할 것에 대하여 깊은 혜안이 살아날 것이다.

우리는 언제나 자연스럽게 자신의 마음을 열고 인식을 펼쳐나갈 수 있다. 특별한 준비는 필요없지만, 다만 어떤 성과를 바라지도 말고 적어도 몇 년 동안은 명상을 꾸준히 실천해야 할 것이다. 그러나 짧은 시간 동안이라도 우리가 진정으로 열린 마음을 갖는다면, 별 어려움 없이 완전한 명상법을 배울 수 있다.

열린 마음으로 명상을 하고, 그런 과정 속에서 더불어 삶에 대하여 지니고 있던 모든 의심이 사라지기 시작하면, 우리는 내면의 가르침을 자연스럽게 능동적으로 따르게 된다. 삶에 대한 인식이 발전함에 따라, 내적인 경험 또한 풍부해지기 때문이다.

마찬가지로, 우리가 명상을 실천하면서, 삶에 대하여 완전한 확신이 서고 모든 의문이 사라질 때까지는, 우리의 의식이 어떤 상태에 있던지 그것은 모두 연습과 준비과정의 단계일 뿐이다. 그런 단계에서는 현상적으로 일어나는 것들에 대해서, 왜 그런 일이 일어났는지 평가하거나 의미를 부여할 필요가 없다. 우리는 명상을 할 때 어떤 조건을 두거나 외부적인 것들에 치우치지 않는 온전히 명상에만 집중하는 방법을 따라야 할 뿐이다.

모든 존재는 왜 영원하지 못한 몸을 가지고 있는지, 어째서 정신적인 정화가 필요한지, 우리는 그것에 대해서 신중하게 생각해 볼 필요가 있다. 그리고 명상을 통하여, 그 모든 질문들을 진정으로 해결할 수 있게 되는데, 그것이 바로 우리가 명상을 실천해야 하는 이유이다.

명상을 배울 때는 체계적인 방식으로 배우는 것이 가장 중요하다. 그만큼 명상에 대한 비전(秘傳)을 즉각적으로 깨닫기 어렵기 때문이다. 그러나, 우리가 명상을 이해하고, 명상에 대한 지식을 습득하게 된다면, 자신이 무엇을 하고 있던지 직관적인 인식의 상태를 유지할 수 있다.

진정한 지식이란 자신의 삶이 얼마나 소중하고 가치 있는 것인지를 직접 깨달을 때 알 수 있으며, 일상적인 경험을 통해서 얻어지는 것이다. 삶에 있어서 무엇이 옳은 것인지 알고, 그 목적을 향해 다가가는 것만이 자신을 향한 진정한 삶을 살아가는 것이다.

명상과 명상적인 경험에 의한 확신을 통해서, 우리는 진정한 자아를 깨달을 수 있으며, 그러한 진리는 자신에 대한 자각과 통해있는 것이다.

마음의
자각

우리가 마음과 정신에 대하여 이해하지 못한다면, 실제로 진정한 잠재력은 거의 무의식의 상태로 남아있게 될 것이다. 우리는 진정한 마음의 본질을 배우기 위하여 많은 시간을 보낼 수도 있지만, 사실 우리가 경험하는 모든 것 그 자체가 마음에 있는 것이다. 마음은 어떤 외부적인 대상에 의해 알 수 있는 것이 아니며, 마음의 일부가 우리의 경험으로 나타나는 것이다.

만약 티베트의 누군가가 내게 '미국의 문화'에 대하여 묻는다면, 나는 단 몇 마디로 밖에 설명할 수 없을 것이다. 마찬가지로, 마음이란 매우 다양한 특성과 셀 수 없는 유형과 단계를 가지고 있으며, 그 모두가 다르게 표현되기 때문에, 단편적으로 설명하기란 매우 어려운 일이다.

마음은 마치 예술가처럼 다재다능하게, 완벽한 아름다움과 질서를 창조할 뿐만 아니라, 동시에 혼란과 갈등, 고통과 같은 것도 만들어낸다. 마음은 모든 형상으로 나타날 수도 있으며, 절대적인 진리로서 드러날 수도 있다. 마음은 유일하다거나 다양하다고도 말할 수 없으며, 마음 그 자체의 어떤 것이라고도 말할 수도 없다.

우리는 자신의 마음을 다스리고 설명하기 위해 다양한 언어들을 사용할 것이다. 그리고 마음의 기능에 대해서도 깊이 생각할 것이다. 마음의 단계는 의식의 상태가 되기도 하고 자각의 상태가 되기도 하는데, 마음의 상태는 관찰하면 관찰할수록 더욱 복잡하게만 나타난다.

결국, 마음에 대하여 이렇다, 저렇다 해석하기에는 그 자체가 매우 한계가 있으며, 그것은 마음이 다른 모든 개념들과 연결되어 있기 때문이다.

우리의 마음이 에고의 범주에 속해있을 때에는, 외부적인 세상의 구조와 현상들만을 경험할 수 있었다. 말하자면, 우리의 경험은 마치 정부기관의 조직과 같은 엄격한 형식으로 지배당하는 것이다. 그러한 외부적인 현상들은 마음의 피상적인 부분일 뿐, 마음 그 자체가 아니기 때문에, 우리가 에고의 범주에 속해있을 때에는 마음의 본질에 대하여 자각할 수 없다.

그리고 우리가 마음의 본질이 무엇인지 알아내기 위한 노력을 기울일 때에도, 그것이 의미하는 것만을 쫓아가는 경우가 대부분이다. 그러나 본질에 대한 근원을 알지 못하고, 단순히 의미를 쫓아가는 것으로는 진정한 지식의 발판을 얻을 수 없다. 왜냐하면 내적인 마음이 어떤 상황에 어떻게 작용하는지에 대한 객관적인 정보가 없을 뿐더러, 마음에 대한 정확한 지식을 알아내는 것도 어렵기 때문이다.

우리는 오직 신경조직과 두뇌가 연속적으로 반응하고 있는 육체적인 감각으로 마음을 관찰하거나, 개념이 설정되는 과정에서 우리의 의식이 어떤 기능을 하는지에 대하여 관심을 기울이는 수밖에 없다. 그러나 명상적인 관점으로부터 마음을 고찰해보면, 두뇌나 의식이 작용하는 것보다 훨씬 많이 마음에 대하여 알 수 있다. 명상을 통하여 우리는 모든 의미와 한계를 뛰어넘을 수 있으며, 내적인 마음을 직접 경험할 수 있다.

의식 또는 인식은 우리의 감각, 인지력, 생각, 감정 등을 다루지만, 이러한 단편적인 것들이 함께 모여 마음을 구성하고 있으며, 이러한 마음은 매우 방대한 것이다. 불교에서는 정신적으로 일어날 수 있는 특수한 상황들을 50가지 이상으로 구분하며, 의식적으로 상이한 상태를 최소 8가지로 나누기도 하는데, 그것들 모두는 단지 외부적인 마음의 단계를 말하는 것일 뿐이다.

결국 우리의 마음은 특정한 상태에 머무르지 말고 끊임없이 연속되는 의식을 넘어가야 한다. 다시 말해서, 우리는 물질의 단계를 넘어 마음의 단계를 인식할 수 있으며, 존재를 넘어서거나, 심지어 존재가 아닌 단계를 넘어설 수도 있다. 그 이유는 마음이란 상상할 수 없을 정도로 방대하기 때문이다.

마음의 상태가 더욱 깊은 곳으로 옮겨지면, 그것은 이미 물질계를 벗어나게 된다. 마음은 어떤 색이나 형태를 갖지 않으며, 어떤 성질도 띄지 않고, 시작과 끝이 없으며, 안밖도 없는 상태가 된다. 다른 것들과 혼합된 것도 아니며, 그것들과 분리되어 있는 것도 아니다.

마음은 만들어지거나 파괴될 수 없으며, 거절하거나 받아들일 수도 없다. 그것은 이성적이고 합리적인 과정을 넘어서 있으며, 모든 시간이며 모든 존재이다.

명상을 실천함으로서, 우리는 마음속에서 이루어지는 거대한 활동에 대하여 인식할 수 있게 된다. 우리는 특정한 생각들과 문제들을 작동시킬 수 있으며 그것을 대면하고, 받아들이고, 억제하는 모든 변화되는 과정을 통하여, 마음과 마음을 움직이는 방식을 이해할 수 있다.

마음의 성질과 깊이를 발견하고 이해하려 할 때 생기는 주된 장애 중에 하나는, 우리의 마음에서 이미 인정되는 것만을 받아들이고, 여러 상황에 적절하게 주의를 기울이지 않는다는 것이다. 이러한 주의력은 자기본위의 관습에서는 필요하지 않지만, 그것은 마음의 가치를 깨닫기 위해서는 매우 중요한 것이다.

일반적으로, 긍정적인 경험을 하게 되면, 우리는 마음에 대하여 감사하기보다는 오히려 자신의 에고를 칭송하게 되는데, 그것은 우리가 지적 성질의 대리자인 에고에 대해서는 심사숙고하기 때문이다. 그러나 어떤 문제나 곤경에 처했을 때에는 언제나 자신의 마음을 탓한다. 말하자면, 우리는 자신의 여러 가지 감각 신경들에 이름을 지정하고, 그것을 사실로 받아들이거나, 마음의 한 부분으로 받아들인다.

실제로 우리의 마음은 순수한 성질 그 자체임에도 불구하고, 자신의 마음에 대하여 이렇게 거부하려는 태도는, 독이든 내용물과 같은 성질로서, 우리에게 해로움을 가져올 수도 있다.

우리는 종종 자신의 몸에 대하여 지대한 관심을 보이면서, 자신만의 이미지를 창조하고 아름다워지기를 원하지만, 자신의 마음에 대해서는 한계를 지정하며 이해하려고 하지 않는다.

마음은 모든 지식의 영감이며 원천이다. 우리가 스스로 자각하는 순간부터 마음은 빛나게 되며, 우리가 고통에 빠져있다면, 마음 또한 그러할 것이다.

우리가 자신의 마음에 대하여 이해하고 존중하기 시작한다면, 마음 그 자체는 일상적인 경험에서부터 변화를 일으킬 수 있으며, 실제로 스스로 만들어낸 문제들은 점점 사라지는 것을 발견할 것이다. 우리가 마음에 대하여 고찰할수록, 진리를 찾고 삶에 대한 이해를 얻어 가는 과정에서 모든 언어와 개념들을 뛰어넘게 될 것이다. 우리는 누구든지 무턱대고 다른 생각들을 따라갈 필요가 없다. 오직 자신의 마음이 그 본연의 성질을 찾을 때까지, 거대한 마음의 깊이를 항해할 뿐이다. 그것이 바로 진정한 광채이며, 깨달음이며, 살아있음이다.

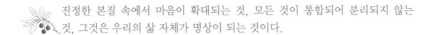
진정한 본질 속에서 마음이 확대되는 것, 모든 것이 통합되어 분리되지 않는 것, 그것은 우리의 삶 자체가 명상이 되는 것이다.

마음의
본질

일반적으로 사람들은 명상이 자신과는 무관하거나, 희한한 경험을 하는 것쯤으로 생각한다. 또는 명상을 지나치게 신비로운 것이라고 단정짓기도 한다. 그리고 어떤 사람들은 명상이 동양철학의 한 부분일 뿐, 현대에는 맞지 않는 사상이라고 생각하기도 한다. 그렇기 때문에, 명상을 쉽게 받아들이기란 어렵다고 생각하는 경우가 대부분이다.

그러나 명상은 우리와 결코 이질적인 것이 아니며, 외부의 세계와 분리된 것도 아니다. 명상은 마음의 본질의 상태이며, 그러한 마음은 우리를 명상으로 이끌 수 있는 것이다.

명상은 몸과 마음이 충분히 편안해졌을 때, 어떠한 것도 강요되지 않은 상태로부터 오는 느낌을 경험하는 것으로 시작된다. 그것은 모든 것을 있는 그대로, 내면의 마음으로부터 고요함을 듣는 것이다. 내면의 고요함은 단순히 산만함에서 벗어난 것이거나 소리가 없는 상태를 의미하는 것이 아니다. 마음이 완전하게 열린 상태이며 본질적인 상태로 깊숙이 접해 들어가는 것이다. 어떤 문제들을 해결해야 한다거나, 자신의 안전이 늘 보장되어야 한다는 등의 강박관념에서 벗어나, 고요함만이 유지될 때의 상태가 바로 의식이 자각되는 순간이다.

명상은 자아를 발견해 나가는 과정이다. 그러므로 명상 중에 어떤 경우는, 자신의 감정적인 성격이 어렸을 때부터 지금까지 어떻게 이어져 왔는지를 보게 되는 경험을 하기도 한다. 즉, 자신이 지나온 삶의 모습에 대하여 스스로 명확하게 돌아보게 되는 것이다. 그러나 그러한 과정을 지나게 되면, 이전의 삶에 대한 고정관념에서 벗어나, 내면의 잠재력을 더욱 쉽게 볼 수 있게 된다.

그동안 우리의 생각과 행동방식을 되돌아보면, 우리는 자신이 만들어낸 삶의 방식을 철저히 고수하면서, 실제로는 스스로를 기만해왔다는 것을 발견할 수 있다.

자신을 방어하기 위한 어떤 변명이나 해명을 통해서 또는, 마음가짐이나 핑계거리로 대신했다는 것을 알 수 있다. 그리고 그러한 상황을 계속 유지한다면, 진정한 자아의 지식과는 점점 거리가 멀어진다는 것을 깨달을 수 있다. 계속해서 자신만의 확고한 견해로서 세계를 경험하고 우리 자신을 둘러보며 자기 멋대로의 독단적인 범위를 한정시킨다.

자신의 감정이 개입되지 않은 경험들은 가치가 없다고 생각한다.

그러나 어떤 객관화된 개념을 넘어서고, 모든 이원론적인 생각들을 넘어서고, 시간과 공간을 뛰어 넘으면서, 우리가 잃게되는 것은 과연 아무것도 없을까?

두려움과 고정된 생각, 긴장감 같은 것은 자신이 '어떻게 될까?' 하는 상상 속의 나에게 매달려 있는 것이다. 자연스러운 마음의 상태, 마음의 본질적인 상태에서는 어떤 것도 손상되지 않는다. 이러한 사실을 이전에 알지 못했던 이유는 우리가 자신에 대하여 너무 소원한 나머지, 자신의 진정한 고향이자 본질적인 자연인 내면의 인식 속에서, 언제라도 머무를 수 있다는 사실을 잊고 있었기 때문이다.

우리는 고유의 본성에 대하여 말하지만, 그것은 자신이 경험한 것만을 의미하는 것은 아니다. 자신의 경험에 대하여 인식하는 대신에, 대부분의 사람들은 계속해서 생각이 일어나는 과정을 따라가며, 그에 따른 해석에 연연한다.

그러면 그럴수록, 우리는 더 많은 생각들을 만들어내고, 그것을 해석하는 과정이 끊임없이 연속된다. 나 자신은 언제나 다양한 느낌들과 개념들, 심리적인 반영들에 관련되어 결합된다. 만일 자신이 어떤 것을 성취하면, 에고는 언제나 자신의 결론을 기다리고 있다. 그런 식으로, 우리는 자신의 경험을 외부적으로만 바라보고, 그 내용을 늘 자신에게 다시 보고한다.

우리가 최선을 다하여 자신의 내면과 대화를 하고, 그 뜻을 인식하기 위해 주의를 기울인다해도, 자신의 경험은 즉시 그 성질을 잃어버리게 된다. 우리가 경험에 대하여 해석하고 언어로 포장하려

할수록, 그것은 자신으로부터 사라져만 갈 것이다.

만일 고정된 개념들과 이원론적인 관점들에서 벗어난다면, 우리는 내면의 본성으로부터 반응과 작용이 일어나는 일상 속으로 빠지지 않을 것이다. 그러나 이렇게 마음의 상태를 깨닫는 것이 쉽지 않은 이유는, 우리가 자신의 생각과 느낌이 자신의 것이라고 믿기 때문이다.

우리는 자신의 상황과 자신의 삶의 관계를 판단한다. 그러나 자신의 것이라고 믿는 생각과 느낌은 그 어떤 것도 내가 아니다.

한 가지의 생각은 또 다른 생각들과 연결되어 있다. 우리를 겉도는 생각들이 또 다른 생각들로 이어져, 그 영역을 넓혀가도록 허락한다. 각각의 생각은 여러 가지 언어와 상상된 이미지로 휩싸여 있다. 상상 속의 이미지는 결국 인식을 점령하고 우리의 에너지를 고갈시킨다. 결국, 우리의 인식은 그 행방이 묘연해지게 되는 것이다. 우리는 어린 아이가 넋을 잃고 만화영화를 보는 것처럼, 그렇게 자신을 잃어가게 되는 것이다.

자신의 마음을 관찰해보면, 우리의 의식은 입력된 생각과 의미에 고정되어 있다는 것을 쉽게 알 수 있다. 예를 들어, 갑자기 문을 쾅 닫는 소리나 빵빵거리는 자동차 소리를 듣게 되면, 우리 마음속의 개념들은 자신이 경험했던 생각과 이미지를 연상시킨다.

이처럼 순간적으로 일어난 상황이 자신의 경험 속으로 들어가 떠올려지는 개념과 동일시되는 것은 가능한 일이다. 그러한 순간에 우리는 내면의 상태나 분위기에 대한 확실한 유형을 발견한다.

그것은 어떠한 형태나 구체적인 성격이나 구조를 지니지 않으며 언어나, 이미지로 표현되는 것도 아니며, 규정된 위치에 존재하는 것도 아니다. 그것은 궁극적으로 자신의 자아와 연결되어 있으며 매우 중요한 의미를 갖는다. 만일 마음이 우리에게 머물러 있는 경험의 가장 첫 순간을 연상시킬 수 있다면, 그 경험과 동일시되는 것 또한 가능하기 때문이다.

진정한 본질 그 자체의 마음은, 모든 것이 통합된 속에서 분리되지 않은 상태이며, 우리의 삶이 곧 '명상'임을 의미한다. 명상은 현재의 세상을 탈피하기 위한 수단이 결코 아니다.

모든 순간 속에서, 우리는 명상과 더불어 친구를 만들 수 있다. 명상으로부터 일어나는 모든 관점은, 누구에게나 아름다움으로 가득 찬 존재를 경험하게 한다. 우리의 삶에 명상의 빛을 비추이면, 모든 상황은 본연의 가치와 의미를 지니며, 풍요롭고 직접적이며, 완전히 열린 상태가 될 것이다.

이러한 본연의 인식은 단순하고 직접적이며 모든 것과 공명하는 상태이다. 그것은 희미하거나 모호하지 않고, 직접적이고 모든 것이 자동적으로 이루어지는 상태를 경험하는 것이다. 거기엔 두려움이나 죄책감이 존재하지 않으며, 피해야 할 욕망도 어떤 정해진 방식도 존재하지 않는다. 자연스러운 것은 더 이상 고정된 것이 아니며, 예측할 필요도 없는 것이다.

명상이 깊어질수록, 모든 것은 실재(實在, *reality*)의 상황 속에서 자연스럽게 움직이게 된다. 그러나 우리가 정신적으로 예측하거나 특정한 삶의 방식들을 애써 기억하려고 한다면, 우리는 이원론적인 의식의 단계에서 끊임없이 순환할 것이다.

명상이 발전해감에 따라, 더 이상 이성적인 판단이나 예측들에 구속될 필요가 없다. 자신의 본질을 제한하고 정체성을 구체화시키는 것은 햇빛을 먹구름으로 가리는 것과 같다. 우리가 본연의 인식에 대하여 자각하게 되면, 에고와 부정적인 감정에 얽매이지 않으며 좋고 나쁨, 긍정과 부정, 영적인 길이나 일반적인 삶, 그 모두를 구별하려고 하지 않는다.

진정으로 마음의 본성에 대하여 깨달음을 얻을 때, 우리의 정신은 강하고 밝은 에너지로서 한층 빛이 나고, 살아있는 모든 존재를 직접 이해하는 경험을 하게 된다.

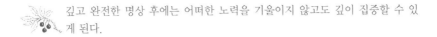

명상
경험하기

누군가 내게 "명상은 정말 단순해."라고 말한다면, 참 좋을 것 같다. 그러나 사람들은 명상이나 자신의 경험, 또는 일상적인 삶에 대해서 그들 나름대로의 궁금증들을 모두 가지고 있다. 그런 이유로, 필자와 학생간에 나눈 질의문답들을 통해 명상을 수행하면서 도움이 될 만한 것들을 발췌하여 여기에 수록하였다.

학 생 명상을 할 때, 다른 스승께서 가르쳐준 만트라를 계속 사용해도 됩니까?

린포체   결정은 본인이 하는 것이다. 만일 그 방식이 내면의 고요함을 이끄는데 도움이 된다면, 본인 스스로 그 만트라를 계속 하려고 할 것이다. 만트라는 우리를 편안하게 하고, 또한 헌신적인 마음을 갖도록 하는데, 그러한 자세는 우리의 내면적인 성장을 촉진시킨다.

만트라는 마음을 집중시키고, 혼란스런 마음을 바로잡을 수 있는 매우 강력한 도구이다. 그 반면에, 마음이 만트라를 실천하는 데에만 얽매여 있다면, 자아와 동작·감정 등의 대상을 구별하려는 생각에만 사로잡혀 있게 될 수도 있다. 그러므로 만트라가 도움이 될 때와 그렇지 못할 때를 구분해야만 한다. 그리고 우리가 소리를 내던지 조용하게 하던지, 장시간 동안 계속 만트라를 실천하면, 만트라를 끝낸 후에도 더욱 섬세한 내면의 단계에서 진동할 것이다. 그러한 만트라의 영향력은 매우 강력하기 때문에, 우리의 육체적인 질병과 정신적인 문제점을 모두 치유할 수 있다.

학 생   치유를 위해서는 어떤 특별한 명상법이 필요합니까?

린포체   명상을 하는 그 자체가 치유의 과정이다. 명상은 자신의 마음과 고유의 본성을 더욱 온전하게 이해하기 위한 방법이다. 마음을 분석함으로서 우리가 어떤 방식으로 정보들을 수집하고, 특정한 상황에서는 어떻게 반응하는지 알 수 있다. 우리의 마음이 연못처럼 고요해지면, 그 안에 잔물결들이 어떻게 오고 가는지를 볼 수 있다. 우리는 자신의 고정관념이 반영된 모든 것을 볼 수 있으며, 어떻게 생각이 일어나고 사라지는지 또한 볼 수 있게 된다. 그리고 스스로 보는 자가 되면, 우리는 직접 마음을 경험할 수 있게 된다.

명상을 할 때에는 무엇보다 자신을 발전시키고자 하는 확고한 마음을 갖는 것이 중요하다. 그래야만 자신의 마음 상태를 관찰할 수가 있다. 그런 식으로 명상이 발전하게 되면, 억지로 노력하거나 애를 쓰지 않고도, 있는 그대로의 상태에서 스스로 편안해지는 것이다. 이처럼 명상이 발전하고 있는 시점에서는 마음의 형태가 구체화된 것은 아니다. 마음은 어디에선가 찾아내는 것이 아니라, 그 본연의 상태를 자신이 직접 경험하는 것이다. 그리고 그러한 경험 자체가 바로 자신의 몸과 마음 모두를 치유하는 것이다.

 학 생 저는 어떤 의사가 암 환자를 치료하기 위해서 명상을 이용했다는 기사를 본 적이 있습니다. 그것이 정말 가능한가요?

린포체 그것은 별로 놀라운 일이 아니다. 질병이란 감정적인 문제가 물질적인 몸에 영향을 미치게 되어, 그것이 결국 육체적인 질병으로 드러난 것이다.

우리가 명상을 통해 몸과 마음이 이완되고 편안해진다면, 질병은 실제로 호전될 수 있다. 티베트의 환경은 매우 조용하고 평화롭기 때문에 암 발병율은 극히 드물다. 인간의 삶이 단순할수록 질병은 줄어들기 마련이다. 그러나 비록 우리가 아무리 질병을 줄일 수 있다 하더라도, 결국 질병과 죽음을 피할 수 있는 사람은 아무도 없다.

현대의 환경은 너무 복잡하고 시끄럽기 때문에 평화로운 공간을 찾아내기가 매우 어렵다. 그렇기 때문에 해결방법은 오직 스스로 내면적인 평화를 얻어야만 하는 것이다. 현대 기술은 우리에게 많은 편리함을 가져다주어 그 편리함은 삶의 일부로 고착되고 우리는 거기에 습관적으로 길들여져, 이제는 편안함을 져버릴 수 없게 되었다. 과학기술은 오늘날 인류에게 많은 이로움을 가져다주었지만, 인간이 가지고 있는 근본적인 좌절감을 해결하지는 못했다. 인류는 이제껏 막대한 물질적 부를 축적해왔고, 앞으로의 삶에 대해서도 여러 가지 대안을 가지고 있지만, 그 모든 부분에 있어서 많은 혼란을 가지고 있다. 우리가 평생동안 무슨 일을 하던지 잠시 노력하지 않는다 하더라도, 그 결과는 지극히 한정된 것일 뿐이다

우리는 기쁨과 고통, 기대와 실망의 순환 속에서 영원히 빠져나올 수 없을 것 같아 보인다.

왜 이런 일이 벌어지는 것일까?

여기 두 형제에 관한 이야기가 있다.

형은 비열하지만 매우 영리했으며, 그 동생은 매우 완고하고

어리석기까지 했다. 하루는 형제가 들판에서 달리기를 하고 있었는데, 형이 동생에게 장난을 치려고 마음먹고 이렇게 말했다, "너는 계곡에 앉아있어. 형이 저기 이 언덕에 올라가서, 우지직 소리를 내는 큰 선물을 가지고 돌아올게. 그때까지 너는 어디 가지말고 여기서 기다려야 돼." 그리고 나서 형은 언덕으로 올라가서 크고 흰 바위를 찾았다. 그는 그 바위가 벌겋게 될 때까지 뜨겁게 달군 다음, 그 바위를 아래로 굴려 떨어뜨리면서 이렇게 소리쳤다.

"야, 동생아, 네 선물 여기 있으니 잘 받아라. 그리고 내가 올 때까지 어디가면 안돼!" 어리석은 동생은 그 선물에 눈이 멀어, 꼼짝 않고 있다가 내려오는 바위를 받았다. 그는 동물가죽으로 만든 옷을 입고 있었는데, 뜨겁게 달궈진 바위를 받자마자, 가죽옷의 털이 우지직거리며 타기 시작했다. 그리고 결국 그 불은 동생의 온 몸을 뒤덮었는데도, 그는 그 바위가 귀중하다는 생각 때문에, 그것을 내려놓을 수가 없었다. 심지어 어리석은 동생은 이렇게 말했다. "네가 나에게 무슨 짓을 하더라도, 형이 올 때까지는 너를 포기할 수 없다."

이와같이 우리도 극단적인 절망과 고통을 겪을지라도, 자신이 사랑하는 것을 소유하려고 한다. 명상을 할 때도 마찬가지이다. 따뜻한 느낌을 갖고 더 높은 차원을 경험하고 싶은 생각으로 명상을 지속한다. 그러나 감각과 느낌에 대한 집착을 버릴 때, 우리는 진정으로 치유되는 과정을 경험할 수 있다.

학 생 스승님은 화를 내는 것이 나쁘다고 생각하십니까?

 린포체 화를 내는 것은 좋은 것도 나쁜 것도 아니다.

그것은 자신이 해석하기 나름이다. 그러나 화가 나게 되면 평화와 조화로움이 깨지게 된다. 이러한 것은 에너지가 매우 예민하고, 감정적인 반응이 더욱 증폭되고 깊어지기 때문이다. 그렇게 되면 자연스러운 조화를 이루기가 어려우며, 불만족스러운 결과가 생기는 경우는 당연하다. 그러나 높은 의식의 차원에서 명상의 에너지를 사용할 수 있는 사람은, 화가 일어나도 자신을 더욱 발전시킬 수 있는 에너지의 원천으로 전환할 수 있다.

학 생 정말로 화가 난 적이 있습니다. 그런데 몹시 화를 내고 난 후에, 오히려 평화로움과 같은 느낌이 찾아 들었습니다. 이러한 느낌은 무엇입니까?

린포체 그 느낌은 진실이 아니다. 화가 풀린 사람은 또 다시 화가 나는 것을 느끼게 되며 얼마간 화나는 것을 억제할 뿐이다. 화가 일어나는 것을 그대로 내버려두면, 몸 에너지가 차단되어 자극을 못 느끼므로, 육체적으로는 편안함을 느끼게 되고, 일시적인 해방감 같은 것을 맛보게 된다. 그러나 이러한 징후들은 화가 깊어지면 깊어질수록, 사라지지 않고 점점 강해지는데, 그 이유는 화는 억제하려고 하면서, 화가 나지 않은 것처럼 표현하기 때문이다. 순간적으로는 평화로워 보이지만, 그것은 결단코 사실이 아니며, 더욱 깊은 불만족의 원인으로서 언젠가는 풀어버려야 할 과제로 남게되는 것이다.

학 생 화가 나는 것을 좀 더 자연스럽게 표현할 수 있는 방법은 없습니까?

린포체 그대가 지금 말 한대로 행동라. 네 말대로, 자신의 감정을 자연스럽게 표현하는 것이다. 그러나 무엇이 진정으로 자연스러운 것인지 알 수 있겠는가?

우리는 몸과 언어를 사용하거나 마음을 표현해서 자신을 나타내는데 몸이나 언어, 마음에 관해서 그 자체를 '좋다, 나쁘다' 또는 '옳다, 그르다' 하지 않는다. 그것들은 다만 자신을 표현하는 수단일 뿐이다. 우리의 문화와 사회는 모두가 인정하는 확실한 방식에 따라 구축되었다. 그리고 그 방식이 우리가 가장 원하는 방식이고, 최고의 방식이라는 생각에는 동의하지도, 반대하지도 않는다.

인류의 모든 존재는 여러 방면에서 육체적으로나 정신적으로, 삶의 많은 방식들을 만들어왔다. 이러한 것은 어느 한 개인이 허물기는 매우 어렵다. 만일 우리가 그러한 문화적인 방식들에서 자유롭기를 원한다면, '저 사람은 어딘가 정상이 아니다.'

라고 생각할 것이다. 그러나, 문화적인 상황에서 볼 때에는 지극히 자연스럽고 정상적인 것으로 여겨지더라도, 그것이 반드시 긍정적이거나 유익한 것은 아니다.

 학 생 성적(*Sex*)인 느낌과 그 가치는 무엇인지 말씀해 주십시오.

 린포체 우리는 섹스를 통하여 쾌락을 즐길 수도 있으며, 편안함을 느끼고 만족감을 얻을 수도 있다. 그리고 너무 실망한 나머지 다시는 섹스를 안하게 될 수도 있다. 사람들은 각자가 개별적이지만 동시에 전체적인 관계에 의존한다.

섹스는 에고가 사라지고 상대와 연결될 때, 자연스럽게 회복될 수 있다. 만일 어떤 사람이 아주 편안하고, 이기심에 집착하지 않은 상태라면, 성행위에 있어서도 매우 자연스러울 것이다. 그러나 거의 모든 시대를 통하여 성적인 느낌이란, 충족되자마자 사라져버리는 어떤 '욕망'의 하나쯤으로 여겨왔다.

어떻게 보면, '섹스(sex)' 그 자체만으로는 큰 가치가 없는 것처럼 보이기도 한다. 그런 점에서 인류는 불행하다. 우리는 많은 기쁨을 누리고 있지 못하며, 기쁨을 느낀다해도 그것을 지속시키지 못한다. 우리가 지니고 있는 문제점들이나 살아가면서 발생하는 여러 가지 어려움은 우리를 종종 낙담시키고 완전한 만족감을 주지 못한다. 그런 이유로, 진정한 행복이라고 할 만한 것은 어디에도 없는 것처럼 보인다.

어떻게 해서라도 긴장을 풀어내고 편안함을 느끼려고 애쓰는 것은, 마치 가려운 피부를 거칠게 긁어대는 것과 같다. 일시적으로는 가려움이 가시는 것 같지만, 피부를 더욱 자극하여, 결국 증세를 악화시킬 뿐이다. 그것은 또한, 기본적인 인간의 본성이 불만족스러운 상태가 되는 이유와도 같다. 그러므로 우리는 믿음이나 감성적인 교감을 찾기보다는 오히려, 현재의 순간에 진정으로 만족할 수 있는 방법을 찾아야 한다.

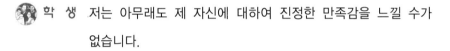 학 생　저는 아무래도 제 자신에 대하여 진정한 만족감을 느낄 수가 없습니다.

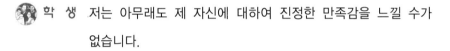 린포체　그것은 단지 그대만의 문제가 아니다. 모든 사람들은 궁극적으로, 자신의 삶이 최대한 만족스러운 상태가 될 수 있도록 그 방안에 대하여 모색하여야 한다. 그것이 삶의 의무이다.

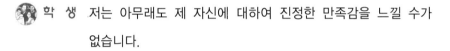 학 생　그렇다면 평온함을 얻을 수 있는 방법에는 어떤 것이 있습니까?

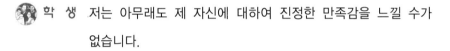 린포체　잠시 동안이라도 행복감을 느끼는 때가 바로 평온함을 느낄 때이다. 그러한 상태에서는 무언가 특별한 것을 깨달을 필요도 없으며, 단지 수동적으로 그 순간만을 받아들여라. 그러나

우리는 행복한 느낌을 계속 유지시킬 수가 없으며, 그것이 언제 지나갔는지도 모를 때도 많다. 미래는 대부분 과거가 반복되는 것으로 이루어진다. 우리는 현재에 행복하지 않음에도 불구하고, 미래에는 무언가 달라질 것이라는 막연한 희망만을 가지고서, 예전과 같은 방식으로 삶을 계속 유지한다. 결국 삶은 그렇게 지나가고 마는 것이다.

사람들 대부분은 자신의 '행복한 정도'에 대해서도 제대로 인식하지도 못한다. 그러나, 적어도 그대는 자신이 만족스럽지 않은 때를 알고 있다. 실제로 그것은 평온함을 얻을 수 있는 방법의 실마리가 되는 것이다.

  감정과 느낌은 같은 것입니까?

린포체 감정과 느낌은 기본적으로 다르다. 자신이 감각을 가지고 어떤 것을 처음 대하게 되는 경우에는 그것에 대한 첫 느낌, 다시 말해 무언가 직관적인 느낌을 갖게될 것이다.

그러나 우리는 그것에 대하여 곧바로 판단하고 범위를 나눈 다음 자기가 원하는 방식대로 포장한다. 그것은 우리의 느낌을 개념화시키는 한 가지 방법이다. 그러나 우리가 궁극적으로 원하는 것은, 주관적으로 해석하는 단계를 넘어서 더욱 직접적인 경험을 하는 것이다.

감정은 느낌보다 더 강력한 힘을 가지고 있고 의지력도 강하다. 반면에 느낌이란, 그 힘이 강하지는 않아도 자연스럽다. 그러나 우리는 느낌과 감정에 대하여 분석하기보다는 그것들을 서로 구별해서 경험해 볼 필요가 있다. 자신의 육체적인 감각을 통해 감정과 느낌을 경험하는 것은 매우 중요한 의미를 갖는다.

서양에서 사람들이 자신의 마음에 대하여 이야기하고 있는 것을 보면, 그것은 마음이나 의식에 대하여 말하고 있는 것 같지 않다. 다시 말하자면, 그들에게 마음이나 의식을 경험한다는 것이란, 단지 색다르고 섬세한 느낌을 갖는 것 정도라고 생각하는 사람이 대부분이다. 그러나 마음은 단순히 자신의 감각을 전달시키는 수단으로서만 존재하는 것이 아니다. 마음이란 모든 감각을 넘어서 존재하는 것이다.

학 생 저는 명상을 하고 난 다음에, 이따금 좋은 느낌을 갖게 됩니다. 그리고 어떤 때는 피곤함을 느끼기도 합니다. 이러한 느낌들은 무엇인가요?

린포체 그대가 너무 무리하거나 지나치게 노력을 기울이고 있다면, 피곤함을 느끼는 것은 당연하다. 아마 진지하게 집중하지 않는다면 피곤하지 않을 것이다. 근육이 경직되고, 몸과 마음이 긴장될 때는 그 피로함을 풀어주어야 한다. 먼저 깊은호흡을 아주 조금씩 하면서 몸과 마음을 편히 이완시킨다.

마음이 자연스럽게 동하여 고요해지면, 명상 속에서 평화로움을 즐기게 된다. 명상은 매우 섬세한 과정이기 때문에, 우리가 명상을 처음 배울 때, 어떤 식으로 시작하는가는 대단히 중요한 부분이다.

 학 생　명상은 얼마나 오래하는 것이 좋습니까?

린포체　그것은 개인마다 다르다. 어떤 사람은 매일 몇 시간동안, 특정한 장소에서 한 가지의 자세로만 철저하게 수행할 수도 있으며, 어떤 사람은 자신이 하고 싶은 시간대에 자유롭게 원하는 만큼만 실천할 수도 있다. 그러나 명상을 할 때, 가장 중요한 것은 '무엇을 염두에 두고 있는가' 와 그 다음은 삶의 모든 부분에서 '명상을 통한 인식이 고무되는가' 이다.

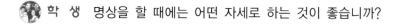

학 생　명상을 할 때에는 어떤 자세로 하는 것이 좋습니까?

린포체　보통 가부좌를 하는 것이 전통적인 방식이지만, 반드시 그렇게 할 필요는 없다. 그래도, 명상을 할 때 척추를 바로 세우는 것은 신체적으로 아주 좋은 자세이다. 왜냐하면, 척추를 곧게 세우는 자세는 몸을 차분하게 하고, 에너지의 흐름을 원활하게 하는데, 상당한 도움이 되기 때문이다.

학 생 만약 자신에게 해결해야 할 어떤 일이 생겼을 때, 그것에 대항하면서 행하지 않는 것은 인내심과 관련이 있습니까?

린포체 만일 그런 문제들이 자연스러운 상태를 깨뜨리고, 주변에 방해가 된다면, 우리는 그 상황을 극복하기 위해 인내심을 가져야만 할 것이다. 그러나 진정한 삶을 이해하고 있는 사람이라면, 인내심 그 자체 속에서도 언제나 자연스러운 상태를 유지할 수 있다.

이러한 노력의 결과들은 우리의 '본성'에 많은 영향을 미친다. 자연스러운 명상은 그 어떤 인내심도 필요로 하지 않는다. 그러나 제일 먼저 이해해야 할 것이 있다. 그것은 바로 '경험'이다. 경험을 하지 못하는 명상은 마치 별안간 스치는 번개와 같이 잠시 지나고 나면 망각된다. 그러므로 더 이상 어떠한 인내심도 필요하지 않은 상태가 되었을 때만이 진정으로 자신을 극복하게 되는 것이다.

학 생 스승님의 경우는 명상을 하기 이전부터 자신을 스스로 지킬 수 있는 힘이 있었기 때문에 부정적인 에너지에 구애받지 않는 것 아닙니까?

린포체 사람은 명상에 잠겨 있을 때에도 부정적인 에너지에 구애받을 수 있다. 그러나 자아가 확립된 사람은 부정적인 진동마저도 좋은 경험으로 전환시킬 수 있다.

학 생   명상을 하려면 육체와 정신적으로 많은 노력이 필요한 것 같습니다. 더욱이 스승님은 완전한 이완을 강조하십니다. 그러한 이완이 명상과 어떤 관계가 있는지요?

린포체   누구나 진정한 명상을 한다면, 고도로 집중된 상태를 유지할 수 있다. 하지만 그러한 상태를 유지하려고 억지로 노력하지는 말라. 우리는 자신의 마음을 어떤 것에도 고정시킬 필요가 없다. 만일 우리가 무언가를 시작하고, 그렇게 시작한 것을 계속 이어가지 못한다면, 실제로 어떤 성과도 이루기 어려울 것이다. 하지만 무언가를 열심히 하고 있거나, 아무 것도 하지 않고 있는 것은, 그다지 다를 것이 없다. 왜냐하면, 거기엔 모두 진정한 자아가 속해있지 않기 때문이다.

다시 말해 진정한 자아가 존재하지 않는 것은, 이미 아무런 의미를 지니지 못한다. 오늘날 우리는 삶에서 일어나고 있는 모든 문제들을 해결하기 위하여 많은 방법들을 제시하고 있다. 그러나 그런 방법들이란, 대체로 무엇이 자연스러운 것인지, 어디로 가는 것이 올바른 방향인지에 대한 이해를 더욱 어렵게 만들뿐이다.

설령 해결해야 할 일이 아무 것도 없다해도, 우리는 여전히 더욱 발전되고, 예리한 정확한 인식을 갖출 필요가 있다.

우리의 몸과 마음이 진정으로 편안해지면, 조화롭고 자유로운 에너지가 완전히 열릴 것이다. 마음은 언제나 그런 식으로 생명력을 가져다 준다. 우리는 다른 사람과 자신의 기쁨을 위해,

늘 고정된 방식으로 보고, 생각하고, 표현한다. 그러나 자신의 삶의 방식에서 고착화된 모든 것들을 스스로 뚫고 나갈 때, 우리의 마음은 명상에 대하여 자유로워질 것이다.

 학 생 명상과 창조력은 서로 어떤 관계가 있습니까?

 린포체 평화로움 속에서 마음이 행복할 때는, 모든 활동이 창조적으로 진행된다. 우리의 마음이 명상에 잠긴 순수한 상태에서는, 어떤 것도 제한되지 않으며 무언가를 고정시키기 위한 판단, 개념, 해석도 무의미해진다.

부정적인 관점으로부터 자유로워지고, 고정된 행동방식으로부터 벗어나면, 우리는 무엇을 하던지 진정으로 자유로울 것이다. 우리의 몸과 마음의 모든 활동은 우주적인 에너지의 표현인 동시에, 본질적인 아름다움이자 기쁨의 표현이다.

드문편이긴 하나, 요가 수도자들은 모든 존재에 대해서 아름다움을 찾을 수 있다. 아름다움을 구체화하기 위하여 문학, 음악, 미술 등을 가능한 동원하여 모든 예술장르를 표현한다.

세상의 모든 존재는 진리의 구현일 뿐만 아니라, 그 자체가 자연스럽고 본질적인 완전함이다. 그러므로 그것에 대해 조작하거나, 무언가를 의도할 필요가 없다.

우리가 특정한 의식을 가지고 우주를 인식하는 것은, 자신의 관점을 한정시키는 것이다. 그러나 모든 우주의 에너지 장(場)

을 깨닫게 되면, 마음의 한계는 사라지고, 자아와 대상, 긍정과 부정, 그리고 현세와 내세가 모두 평등함 속에서 하나가 될 것이다.

 학 생 어떻게 하면 에고(ego)의 영향으로부터 자유로운 명상을 할 수 있습니까?

 린포체 명상에 쉽게 접근하는 방법은, 모든 것을 명상의 관점으로 바라보는 것이다. 그렇다고 해서, "이것은 명상의 일부이다.", "이것은 명상의 일부가 아니다."라고 생각하라는 것이 아니다. 그런 차이점은 존재하지 않는다. 가장 쉽고 단순하게 실천하는 명상이 가장 올바른 방법이다.

명상 중에 어떤 자의식에 매달려 있는 것 또한 바람직하지 않다. 왜냐하면 자아, 그 자체가 명상이기 때문이다. 즉, 우리는 자아가 명상을 하고 있다고 생각하지만, 실제로 자아는 명상으로 유지되고 있는 것이다.

우리가 본질적인 인식에 대하여 이해하게 되면, 마음의 모든 부분은 이미 본질적인 인식 속에 있게 된다. 그렇게 되면, 에고는 아무 것에도 영향을 미칠 수 없다.

그러나 에고가 너무 영리해서, 우리가 경험했던 모든 것들을 들춰내어, 파헤치고, 무언가를 계속 판단한다면, 마침내 우리의 명상은 분리되고 만다. 에고가 지니고 있는 각각의 얼굴과 관점들은, 우리의 모든 감각기관과 연결되어 있다. 그렇기 때문에 에고는 계속해서 다른 모습으로 변신하면서, 끊임없이 많은 감정을 만들어내고, 스스로 만들어낸 감정 속에 휘말리게 되는 것이다.

그러나 명상에 깊이 잠기게 되면, 더 이상 특정한 감각에 의존할 필요가 없다. 감각의 문은 완전히 열려, 그 모든 기능이 명상적인 상태에서 조화를 이루게 된다.

 학 생 어떻게 하면 에고를 정복할 수 있습니까?

린포체 에고를 다루려고 하는 것은 마치 호랑이의 꼬리를 잡으려고 하는 것과 마찬가지이다. 그 방법을 모르면 매우 위험해질 수도 있기 때문에 자신의 에고와 무작정 맞서려고 한다면, 우리는 스스로 깊은 상처를 낼 수도 있다. 에고를 극복하기 위해서는 능숙한 솜씨를 갖추어야만 한다. 지혜로운 사람은 자신의 에고와 직접적으로 싸우려하지 않는다. 왜냐하면 싸움은 좌절감을 일으키고, 그것은 더욱 고통스러운 상황을 만들기 때문이다. 그 대신 우리는 에고를 직접적으로 관찰하면서, 능숙하게 다루어야 한다.

우리는 대부분, 자신에 대하여 불만을 가지고 있지만, 자신의 에고에 대하여 구체적인 불만을 품게되면, 그 순간부터 갈등에 휩싸이게 되고, 그런 에고에서 벗어나기 위해 스스로 싸움을 일으키고 괴로워한다. 만일 우리가 에고에 대하여 섬세하고 주의 깊게 관찰하지 못한다면, 갈등은 점점 심화되고 분노로 가득할 수도 있다. 그렇기 때문에, 우리는 자아에 대한 명확하고 예리한 관찰을 필요로 하는 것이다.

  학 생 명상을 할 때, 우리의 생각은 어떻게 사용됩니까?

린포체 생각은 두 가지 방식으로 다루어진다. 한 가지의 생각에 집착하게 되면, 우리는 자기도 모르게 그 생각과 동일시된다. 그러나 생각이 일어나는 과정에 대하여 알게되면, 우리의 인식은 발전하기 시작한다.

여러 마리의 뱀들은 서로 엉켜있어도 한 마리씩 쉽게 빠져나가는 것처럼, 생각의 근원을 알게되면 얽혀있는 생각들을 쉽게 잘 풀 수 있다.

마음이 고요하면, 생각은 마치 물 위에 그림을 그리는 것처럼 부드러우며, 그리자마자 사라진다. 그때는, 생각이 어떻게 일어나고, 어떻게 사라지는지 알 수 있다.

우리가 실제로 모든 생각들이 일어나는 것에 집착하지 않고 그대로 사라지도록 자연스럽게 내버려둘 수 있다면, 부정적인 에너지는 어떤 것에 대해서도 그 힘을 발휘할 수 없을 것이며, 우리를 해롭게 할 수도 없다.

학　생 명상을 하면서 신비롭거나 독특한 경험이 있으셨다면 말씀해
주십시오.

린포체 보통 신비로운 경험이라고 하면, 일반적으로 은밀하거나 주술
적인 것, 또는 부정적인 현상들을 연상하곤 한다. 그러나 그렇
게 생각하는 것은 오해이다. 완전하게 자각하지 않은 상태에
서, 어떤 신비로운 경험에 대하여 말하는 것은 조급하고 경망
스러운 행동이다. 그러한 관점에서 볼 때, 자신의 경험들에 대
해서는 말하지 않는 것이 더 낫다.

삶에 대한 경험이 완전하게 확립되었을 때, 우리는 그것을 결
코 놓치지 않을 것이다. 그러나, 그러한 경험을 입 밖으로 말
하지 않는 것은 매우 중요하다. 우리는 가르침을 받고, 그것을
성장시키면서 내면적으로 깊이 성숙해야 한다. 그러한 가르침
을 이해하기 위해서는, 그 가르침을 직접 경험해야 하며, 일상
에서도, 가르침에 따라 행동해야 한다.

위대한 잠재력은 멀리 있는 것이 아니라, 바로 자신의 내면에
있는 것이다. 그것은 우리가 진정으로 자유로울 수 있는 근거
이며, 스스로 안식을 취할 수 있는 이유이다. 진정한 내면의
가르침은 살아있는 것이며, 우리의 삶을 긍정적이고 즐겁게
하는 원천이 된다.

깊은 명상의 상태는 언어로 적당하게 표현될 수 없기 때문에,

말로 표현하게 되는 순간, 어떠한 것이 지칭된 상태로 한정되어 버린다. 그만큼 명상적인 경험에 대하여 말하는 것은, 명상에 대한 개념이 확립된 안내자의 입장에서 타인에게 도움을 주기 위한 것이 아니라면, 그것은 별 의미를 갖지 않는다.

만일 진정 신비로운 경험을 원한다면, 자신과 먼 곳에서 찾지 말라. 그것은 자신의 생각과 인식이 일어나는 바로 첫 순간에 있는 것이다. 우리가 지니고 있는 모든 한정된 이미지와 고정된 인식은, 자신이 원하는 만큼 전환된다. 그리고 그것이 전환되는 만큼 우리의 삶은 변화되는 것이다.

제 4 장
자각

우리의 심상은 세상에 대하여 더욱 새롭게 인식할 수 있게 하며, 현실에 대한 습관적인 고정관념을 새로운 방향으로 전환시킨다. 그것은 우리의 내면적인 삶과 외부적인 삶 모두가 전체적으로 자각되기 시작하는 것이다.

심상과
직관

심상은 우리에게 집중된 상태를 이어지게 하고, 삶에 대한 인식을 명확히 하는데 도움을 준다. 우리는 구체적인 이미지나 상징에 의식을 집중하며, 어떤 상황이나 관념 같은 것에 자신의 인식을 스스로 한정시켜 버리는 정신적 구조를 풀어낼 수 있다. 그렇게 되면, 어떤 경우에도 자신의 감정은 손상되지 않으며, 의식은 더 넓은 차원으로 확대된다.

명상이 진보된 상태에서는 더 이상 주관적·객관적인 관점에 구속되지 않게 되며, 심상은 어떤 형식이나 구조를 갖지 않고도 나타날 수 있다.

전통적으로 집중된 상태와 심상은, 제일 먼저 상징적인 학문인 문학으로 표현된다. 그런 다음에, 그것들은 신적인 존재로 묘사되거나, 만달라(*Mandala*)와 같은 기하학적인 도형으로 구현되는 등

다양한 상징들로 옮겨진다.

심상을 통해 집중하는 과정은, 처음에는 하루에 10~20분 정도로만 진행하다가, 나중에는 40~50분까지 늘려 나가도록 한다. 우리의 눈은 아주 편안한 상태가 되면서, 이미지는 매우 자유롭게 보일 것이다. 그 다음엔, 우리의 몸과 마음이 매우 고요한 상태가 되고 감수성도 풍부해지면서, 결국 우리의 인식과 함께 융합된다.

심상을 일으키는 과정이 시작되면, 자신의 마음은 더 잘 보이게 되지만, 조금 지나면, 그 이미지는 불안정해지거나 곧 사라지게 될 것이다. 처음에는 심상이 자꾸 변화하지만, 시간이 지나면서, 이미지는 점점 더 명확해지고 심상은 발전할 것이다.

우리가 어떤 특이한 이미지를 시각화한 후, 다른 이미지와 바꾸려고 한다면, 아마도 잘 되지 않을 것이다. 이러한 완전한 능력을 키우기 위해서는 많은 시간이 필요하기 때문이다. 우리는 인내심을 가지고 실천해야 한다.

심상을 통해 이미지를 시각화시키면, 처음에 긴 터널이나 마치 확장 가능한 관의 통로를 들여다보는 것처럼, 우리 앞에 확연히 드러난다. 이러한 보는 것과 인식하는 것은 매우 부드럽고 유연한 과정이다. 그러나 우리는 곧잘 이미지를 놓치거나, 그런 사실을 의식하지 못하는 경우도 있기 때문에, 심상을 완벽하게 유지하는 것은 거의 불가능하다.

이따금, 자신의 눈을 감고 심상을 보는 것은 순간적이지만 명상을 좀 더 완벽하게 하는 것이다. 마찬가지로, 자신의 심상을 시각화하는 것은 목수가 집을 짓는 것처럼 한 조각, 한 조각 짜 맞출 필요가 없다. 즉, 그것은 하나의 완전한 이미지가 자발적으로 일어나는 것이다.

일단 심상을 보게되면, 어떤 것도 억지로 바꾸거나 변화시키지 않게 되며, 오직 있는 그대로 놓아두게 된다. 그런 과정은 거의 자동적이라고 할 정도로, 자신도 의식하지 못할 만큼 매우 자연스럽게 진행되는데, 그것은 심상을 떠올리는 근원이 된다.

예를 들어, 치유의 색인 청록색을 내면적으로 시각화해 보라. 만일 그것을 볼 수 없다면, 그 색을 느껴 보라. 그 때의 느낌은 매우 아름답다. 그것을 받아들이고 인정한다면, 우리의 직관력에도 도움이 될 것이다. 만일 아무 것도 볼 수 없을지라도, 앞으로 볼 수 있다는 확신을 갖도록 한다. 어쩌면, 계속해서 아무 것도 안 보인다해도, 이전에 경험된 심상을 떠올리며 순간 속에서 머무른다면, 심상이란 결국 자신에게 다가온다.

심상을 일으키는 것과 상상하는 것은, 서로 유사성을 지닌다. 상상이란, 일종의 기억을 의미하며, 정신적인 투영과 같은 것이다. 반면에, 심상을 일으키는 것은 자동적으로 작동되는 것으로서, 모든 방향을 삼차원으로 보는 것과 같다.

심상을 통한 시각화는 대단히 발전적이고 역동적이며, 어떤 과정보다도 훨씬 더 아름답고 화려한 것이다. 상상 속에서는 결코 색, 모양, 소리, 맛의 근원적인 아름다움에 대하여 완전한 접촉을 할 수 없지만, 우리의 심상은 일반적인 인지력을 초월하는 예리함과 명확함을 가지고 있다. 즉, 대상이 없는 심상의 장(場, field)은 창조의 기원이 되는 것이다.

우리가 자신의 심상을 일으키기 시작하면, 이미지는 보통 희미한 테두리에 지나지 않는다. 그리고 색깔에 집중하는 방법을 터득하게 되면, 그 형태는 점점 더 명확해진다. 갑자기 한 번에 시각화하는 것이 어려운 것이지 점차 색깔은 뚜렷해진다. 빛의 잔상은 더욱 풍부해지며, 생명력 있는 형태로서의 모양이 갖추어진다.

이러한 능력이 향상될수록, 우리의 심상은 분산되었던 많은 이미지들이 하나가 되기도 하고, 하나의 이미지가 여러 개로 변하면서 더욱 복잡해진다.

우리는 하나의 단독적인 이미지나, 전체적인 우주를 포함하는 만달라를 발현시킬 수 있으며, 모든 존재의 본성, 시간과 공간, 그리고 지식의 모든 현상에 대하여 이해할 수 있다. 또한 심상을 시각화하는 동안, 특별한 경험을 할 수도 있다. 이성적인 관점으로는 설명하기 힘들지만, 우리는 자신이 보고 있는 것이 진정 사실이라는 것을 알 수 있다. 그것은 조화로운 자연의 법칙에 대한 실체를 경험하고 있는 것이기 때문이다.

심상을 시각화 할 때, 처음에는 형태와 색깔을 보게 되지만, 나중에는 이미지가 자연스럽게 자동적으로 마음과 정신으로 들어가게 된다. 또한, 처음에는 단지 명상이나 집중의 일부로서 이미지를 보게되지만, 계속 실천하게 되면 자신의 마음을 훈련하면서 내면의 이미지를 볼 수 있게 된다. 결국, 시간이 지나게 되면서, 우리는 언제나 어떤 그림을 보거나, 눈을 감지 않고도 이미지를 볼 수 있을 것이다. 그것은 우리의 인식 속에 생명력이 넘친다는 증거이다.

심상을 일으키는 동안, 우리는 두 눈을 통하지 않고도 자신의 내면을 보게되며, 우리의 시야는 일반적인 관점을 넘어서게 된다. 구체적인 방식으로 이미지를 떠올리거나, 어떤 심상을 보기 시작한다해도, 그것은 이미지의 정확한 형태가 아니다.

이미지는 물질적인 것이 아니다. 그 이유는, 우리의 통찰력이 지닌 성질은 끊임없이 반복되며, 이미지 그 자체는 항상 초월해 있기 때문이다. 그러나 인식은 정신과 느낌에 남아서 계속 성장할 수 있도록 영양분을 제공한다. 다시 말해, 우리의 인식이란 일상적인 삶에 더 많은 의미를 가져오는 것이다.

심상을 일으키려는 목적은 인식을 발전시키기 위한 것이다. 우리의 인식은 안정감 없이 너무나도 이리저리 기웃거리고, 언제 어디로 튈 지 모르기 때문이다.

심상이 일어나는 과정에 익숙해지면, 우리는 자신의 경험을 일상적인 생각들과 비교해 볼 수 있으며, 정보를 수집하는 과정을 통해, 일반적으로 알고있는 현실에 대하여 더 잘 이해할 것이다.

우리는 자각된 인식으로, 환상이나 망상이 자신의 마음속에서 어떻게 작용하는지 알 수 있다. 즉, 우리는 의식 속에서 세상의 모든 지식을 인지하기 위해, 자신의 인식을 발전시킬 수 있는 것이다.

그런 식으로, 심상은 세상에 대한 자신의 인지력에 새로운 차원을 더할 수 있으며, 그렇게 새로워진 인지력은 우리의 일반적인 현실을 정확하게 볼 수 있도록 한다.

심상을 일으키는 것이 더욱 익숙해질수록, 우리는 '실재'한다고 말하는 그 자체가 심상과 같다는 것을 의미한다. 이렇게 심상을 실현함으로서, 우리의 지각 능력은 전체적으로 변화되며, 물질적인 대상과 에고의 성질을 투명하게 볼 수 있는 힘이 증가된다. 삶에 대한 관점이 변화하게 되면, 감정적인 장애조차도 긍정적인 에너지로 변한다.

우리는 각각 다른 인식의 단계를 가지고 이루어진 몸의 중심들에 집중할 때도 심상을 이용할 수 있다. 이러한 방법은, 육체적인 몸의 에너지를 열리게 하고, 감정으로 인한 긴장감을 풀 수 있다.

우리는 자신에게 어떤 복잡한 문제가 일어나게 되면, 다른 대안을 찾지 못하고, 대부분 오직 한가지 관점으로 그것을 보거나, 일차원적으로만 해석하는 경우가 많다. 즉, 하나의 복잡한 심상이 오직 한 가지의 생각에서 비롯되었음을 알게되면, 우리는 각각의 생각들마다 수많은 성질들을 가질 수 있다는 것을 알 수 있다.

우리의 인식이 심상을 통하여 드러날 때에는, 각각의 경험에 따라 삼차원, 사차원, 오차원으로 나타날 수 있다. 즉, 처음 단계에서는 육체적인 고통을 경험할 것이다. 다음 단계에서는, 일종의 기쁜 감각으로 인해 고통을 느낄 것이다. 그 다음 단계에서는, 고통도 기쁨도 아닌 중립적인 것으로 느껴질 것이다.

그러나 그 다음 단계에서는, 고통이나 기쁨 때문에 일어나는 것은 아무 것도 없게 되며, 경험 그 자체도 초월된다. 이렇게 다른 관점에서 경험을 볼 수 있게 되면, 우리는 다루기 어려운 범위까지 긍정적인 치유의 에너지가 곧바로 갈 수 있게 된다. 결국 해로운 모든 요소들을 도움이 될 수 있도록 전환시킬 수 있다.

심상이 일어나면서, 우리는 바로 보는 것을 경험한다. 다시 말해, 우리가 충분히 편안해졌을 때, 즉각적인 경험을 통하여 모든 상황을 바로 볼 수 있는 직관력을 발견한다는 것이다. 그 방식은 다음과 같다.

먼저, 눈 주위의 긴장된 근육을 이완하고 깜박임 없이 부드럽게 시야를 응시하라. 그런 다음에는, 매우 짧은 찰나의 1/4초 동안 관찰하라. 거기에 직관이 있다.

의식 속에서, 이러한 감각은 끊임없이 대상들을 해석한다. 그러나 감각들이 밝고 선명해지면, 어떤 특정한 대상들도 의식하지 않게 되는데, 그것은 우리의 인식이 자각된 상태가 되는 것이다. 인식이 발전됨으로서, 직관의 성질은 자연스럽게 드러난다.

의식은 시각적인 성질을 갖는 반면에, 인식은 자각적인 성질을 갖는다. 우리의 인식이 더욱 발전할수록, 그 자체의 성질은 더욱 선명해지고 밝게된다. 그러나 어둡고 무거운 의식의 감각이 발전하게 되면, 우리의 인식은 침체될 것이다.

우리의 삶은 많은 긴장과 고통, 죄책감 등을 겪게 한다. 때론 세상이 잔혹하게 보이고, 자신의 직장은 너무 단조롭고 많은 문제들이 있다고 느낄 것이다. 그리고 경제적으로 많은 압박이 있을지 모른다. 그러나 바로 보는 능력-직관을 발전시키면서, 우리의 각각의 상황은 점점 흥미롭고 많은 가능성을 지니게 된다.

우리는 곧 그것을 다른 관점으로 전환시킬 수 있기 때문이다. 경험은 더욱 유동적으로 변화하고, 생각이 열리면서 내면적으로는 가치 있는 많은 자질과 재능들을 발견하게 될 것이다.

우리의 생각이란 너무 섬세하고 빠르기 때문에, 일반적으로는 생각을 포착할 수 없다. 그러나 새로운 차원에 들어서게 되면, 우리는 새로운 실재에 더욱 민감해지기 때문에, 개념적으로 형식화하지 않아도 그것을 곧바로 알 수 있게 된다. 자각된 인식의 한 순간으로부터 우리는 다른 에너지의 단계에 도달할 수 있다.

우리는 자각된 상태에서 그동안 어떻게 그토록 행복할 수 없었고 혼란스러웠는지 매우 의아해 할 것이다. 그러나 유연한 사고방식 속에서만이, 더욱 확실하게 모든 상황과 문제점을 직관할 수 있다.

인식이 발전할수록, 우리는 자신의 습관적인 방식을 어떻게 하려고 하기보다는 오히려, 낡은 방식들을 보면서 발전하기 시작한다. 그런 다음엔, 그 모든 방식들을 즉각 중단하게 된다. 육체적인 상황이 변하지 않았더라도, 우리의 모든 경험은 이미 새롭게 변화된 것이다.

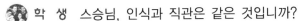

학　생　스승님, 인식과 직관은 같은 것입니까?

린포체　그렇다. 궁극적으로, 우리의 이해가 발전됨으로서, 모든 것은
완전한 방식으로 일치된다. 그러나 단순히 바라보는 것과 직
접적으로 바로 보는 것은 다르다. 근본적으로 존재하는 인식
과 단순히 어떤 것에 대한 인식 또한 다르다. 어떤 것에 대해
서 인식하는 것은 특정한 생각이나 구체적인 대상들을 바라보
는 것이다. 그러나 완전한 인식은 내용이 없으며, 그것은 어떤
것도 연결하지 않는다. 즉, 오직 완전하게 인식하는 것이다.

학　생　심상은 기억의 한 부분입니까?

린포체　심상과 기억의 상대적인 단계에서는 시간이 존재한다. 더 높
은 단계에서는 시간이 존재하지 않는다. 인식이란, 마치 공처
럼 하나로 이루어진 전체적인 것이다. 그 안쪽과 바깥쪽, 과
거, 현재, 미래가 모두 동일하다. 이와 같이, 심상은 기억이
아니다. 기억이란, 우리가 이따금 생각해내는 것이거나, '~라
고' 해석하는 것이다.

학　생　저는 아직 상상을 일으키거나, 기억을 되찾는 것, 그리고 직관
등의 차이점에 대해서 이해하기 어렵습니다. 그것들이 저에게

는 모두 같은 것처럼 느껴집니다.

 린포체 어떤 종류의 직관은 상상이나 기억들 같은 과거의 경험을 바탕으로 한다. 또 어떤 종류의 직관은 특별한 형식이 없지만, 기억과 상상은 그 안에 포함되어 있다. 우리가 무슨 생각을 하면, 그것은 즉시 생각의 이미지로 만들어진다. 그 생각과 이미지는 자동적으로 존재한다. 아직 태어나지도 않은 아기를 자신의 뱃속에 데리고 다니는 엄마처럼 말이다.

우리는 모두 자신의 기억들과 밀접한 관계를 가지고 있기 때문에, 직관이란 과거가 바탕으로 된 구체적인 이미지에 포함되는지도 모른다.

일반적으로, 상상의 이미지는 직접적인 경험을 분명치 않게 하며, 자발적인 생각의 흐름을 막는다. 그리고 명상적인 상태에서 발산되는 긍정적인 에너지를 약화시킨다. 그러나 우리는 상상의 이미지가 그 형체를 잃을 때까지, 에너지를 끊임없이 가열하여 그 속에서 완전히 녹아버리게 할 수 있다.

그렇게 사라져버린 이미지들은 순수한 지성과 순수한 직관, 순수한 인식으로 전환된다. 그러나, 우리는 어떤 이미지 없이도 직관할 수 있는데, 그것은 자신의 관점이 인식의 상태로 전환되었기 때문이다. 그것은 존재의 본질을 꿰뚫게 되는 것인데, 다시 말해 모든 시간을 넘어 과거와 현재, 미래가 하나라는 것을 깨닫는 것이다.

우리가 이것을 이해하게 되면, 우리는 마음의 작용이 어떻게 일어나는지 이해할 수 있다.

🧑 **학 생** 어떤 이미지가 시각화되었을 때, 저는 어린 시절로부터 경험했던 강한 사과꽃 향기가 나는 것을 느꼈습니다. 시각화하는 것이 느낌, 맛, 냄새를 포함하는지 궁금합니다.

🧑 **린포체** 그렇다. 모든 것을 포함한다. 나는 아직 그대가 명상의 전체적인 배경을 명확하게 짚어내지 못하고, 표면적인 관점만을 가지고 있다고 생각한다.

자신의 이미지에 냄새가 남아있는 동안에는, 우리는 자신의 주변의 잔디와 나무들, 외형적인 풍경, 자신이 어떻게 걷는지, 아침과 저녁에 무엇을 했는지에 대해서 볼 수 있다. 그대가 잊었다고 생각한 기억은 다시 돌아올 수 있다.

🧑 **학 생** 저는 얼마 전 꽃을 시각화해보려고 했습니다. 하지만, 직관적으로 보기는 어려웠습니다. 만일 성냥불로 환히 밝혔더라면 그 꽃을 확실히 볼 수 있었을까요?

🧑 **린포체** 우리가 말하는 직관은 육체를 통한 시야를 필요로 하는 것이 아니다. 직관이란, 이론적인 생각을 버리고 긴장을 늦춘 상태

에서, 편안하고 조화로운 마음을 갖게될 때, 즉각적으로 그대에게 오는 것이다. 그럴 때, 매우 보기 드문 것들이 보이게 되는데, 그것은 직관의 경험이 시작된 것이다.

  학 생 우리 주변의 여러 소리들에 대해서도 자각할 수 있습니까?

린포체 그렇다. 그러나 자각된 인식에 개념화된 대상들을 반드시 포함시키는 것은 아니다. 우리가 보는 것이나 듣는 것에 대하여 자각한다해도, 여전히 사물에 대하여 의존한다.

왜냐하면, 우리는 그것들과 관련되어 있기 때문이다. 그런 의식의 자각은 미묘한 집착의 성질을 갖는데, 그것은 우리가 의식하고 있는 대상을 존속시킴으로서 우리를 억누른다. 우리는 이러한 과정 속에서, 에너지를 계속해서 잃게 된다. 그러나, 우리가 어떤 특정한 것에 대해서만 인식하는 것이 아니라 전체를 완전하게 인식한다면, 우리의 에너지와 지식은 자유롭게 통합될 것이다.

심상이 매우 편안할 때에는, 우리가 어떤 이미지를 보지 않더라도, 쉽게 직관할 수 있다. 직관은 그것에 대하여 해석할 필요가 없는 경험이다. 그것은 삶의 일부분이며, 우리는 직관을 통하여 세상을 알아가지만, 결코 자신이 보는 이미지나 모습들에 구속되지 않는다. 지금은 이러한 직관에 대하여 명확하게 알 수 없겠지만, 먼 훗날 그대는 경험 그 자체가 의미하는 것을 이해할 수 있을 것이다.

학 생 이따금 인식이 정지되고 매우 조용해지는 것처럼 느껴지곤 합니다.

린포체 그렇다. 그것은 경험의 속성이다. 그러한 특성은, 매우 화나거나 걱정거리로 인해 불안함을 느낄 때에도 찾아든다. 그때는 매우 강한 주의력이 생기고, 무엇이든지 대단히 특별하고 빛나게 보인다. 자각이 일어나는 순간에는 모든 것이 한가지로 집중되며, 우리 몸의 중심에서 부정적인 힘은 모두 빠져나간다. 인식은 총체적인 하나의 본질로서, 다이아몬드와 같이 완전하고 빛나는 성질을 갖는다. 누구도 그것을 나눌 수 없다.

인식의 에너지를 확장시키고 명상을 강화시키기 위한 방식 중에 하나는, 내면적으로 타격 받지 않는 상태에서 화를 일으키는 것이다. 자비로운 신은 노여움이 가득 차고, 몹시 무서운 모습으로도 나타날 수 있지만, 그 내면적인 태도는 언제나 평화롭다.

우리는 고통이나 번뇌와 같은 감정에 불안함을 느끼지 않게 되며, 파괴주의적인 어떤 상태에도 휘말리지 않은 채로, 오직 하나의 느낌에만 강하게 집중할 수 있다. 이러한 유연성은 매우 중요하다. 그러나 너무 오랜 시간동안 지속되면, 조화를 유지하기 어렵기 때문에, 명상을 너무 자주 하거나 너무 오래 훈련하는 것은 피하는 것이 좋다.

하루 동안의 매 순간들은 우리가 작동시키는 감정이며, 각각

의 상황들은 우리의 에너지가 새로워지거나 변화하는데 이용
된다. 그러한 감정들은 인식되어지기 위해 남아있는 것이 아
니다. 인식이란 이미 거기에 있는 것이다. 우리는 인식에 대하
여 말할 필요가 없다. 모든 순간 그 자체가 인식이다.

중요한 것은 우리의 일상적인 삶의 여러 상황들 속에서도 자
각된 상태의 유연성을 갖도록 노력하는 것이다. 경험할 수 있
는 모든 관점을 이용하라. 삶 그 자체는 생동감 있는 실천방법
이다.

학 생 스승님께서는 우리가 하는 각각의 생각들이 모두 소중하다고
하셨습니다. 그렇다면 '좋다', '나쁘다', '무관심하다' 등의 생
각들 사이에는 무엇이 존재하며, 어떠한 차이점이 있습니까?

린포체 그렇다. 우리가 하는 경험들은 모두 가치 있는 일이다. 우리는
이미 진리의 본질 속에 태어났다. 단일한 모든 생각은 교훈이
나 힘, 지식으로 옮겨진다. 그러므로, 경험에 의한 단 한가지
의 모든 관점조차도 모두 귀중한 것이다. 즉, 어떤 것도 버려
지는 것이 아니다.

마음은 생각과 이미지를 통하여 계속적으로 움직이는 신호를
만들어낸다. 그리고 이러한 신호는 반드시 어떠한 에너지를
생산한다. 마음이 주체가 되어 실체를 작동시킬 수 있으며, 그

흐름은 영속적이다. 게다가, 마음이란 유동적이기 때문에 단지 그 정체성이나 지각대상을 축적시키지 않아도, 계속해서 발전할 수 있다.

즉, 어떤 것도 마음이 전달하려는 내용의 배경이나 원인에 주목하지 않는데, 마음은 어떤 바탕이나 물질 없이도 작동되기 때문이다. 어떤 것도 마음 그 자체에서 머무르지 않는다. 인간의 마음은 작동하는 그 자체로 신비하게 보인다.

심상은 비슷한 의식의 유형 속에서 움직이기 때문에, 하나의 이미지가 나타나고 그것을 느끼면, 틀림없이 드러나게 된다. 그러나 어떤 의미가 있는 것은 아니며, 단지 마음의 신비한 속성에 의한 것이다. 우리가 이러한 마음의 힘을 알게되면, 그것은 더 높은 목적을 위해 사용될 수 있다.

예를 들어, 우리가 강물을 이용하여 전기를 만들어 낸다면, 그것은 매우 유용한 일이 될 것이다. 그러나 물을 동력화하지 않는다면, 물 그 자체로는 전기를 만드는데 아무런 소용이 없다. 마찬가지로, 우리가 마음을 적절하게 이용하지 않는다면, 그것은 에너지가 흩어지게 하는 결과를 만들 것이다. 그러나 마음을 제대로 이용한다면, 우리가 상상했던 것보다 훨씬 거대한 원천으로서 드러날 것이다.

인간의 마음속에는 거대한 잠재력이 존재한다. 그러나 우리의 마음은 인식능력에 대한 어떠한 규칙이 존재하지 않기 때문에, 일반적으로 생각이나 이미지를 통해서만 상호작용을 할 수 있다. 심상은 힘과 에너지를 강화시키기고, 마음을 발전시키는데 많은 도움이 된다.

최고의 심상은 자연스럽게 발전된다. 심상이 일어나는 과정이 진실로 작동하기 시작하면, 자연스러운 현상이 다양하게 일어나게 된다. 확고한 실천은 매우 강력한 영향력을 발산하지만, 특별한 현상을 일으키기 위해 억지로 하는 것은, 정신적으로나 육체적으로 위험한 일이며, 자신이 무엇을 하고 있는 것인지도 이해할 수 없게 될 것이다.

에너지가 기능적으로 사용되지 않는다면, 우리의 심상은 침체되고 쓸모없게 될 것이며, 매우 해로운 결과를 초래할 수 있다.

정신적인 에너지는 심상이 강력해지는 과정을 통해 열리게 된다. 어떤 경우에 심상은 매우 위협적인 형태를 가지기도 한다. 그러나 이러한 형태는 우리를 위협하려는 의도가 결코 아니다. 그것은 오직 마음의 본성이 드러나는 상태를 우리에게 가르쳐주기 위한 것이며, 그러한 상태에서는 긍정적인 마음의 에너지를 발생시킬 수 있다. 심상은 우리에게 전체적인 마음을 이용하게 한다.

우리가 심상을 이용하는 방법에 대해서 알게 되면, 심상 그 자체는 우리에게 실질적으로 발전하는 방법을 가르쳐 준다. 그렇게 되면, 개념적인 설명이나 해석은 더 이상 의미가 없다. 왜냐하면 목적, 가치, 의미가 드러나는 것은 이미 자동적인 순환 구조 속에서 이루어지기 때문이다.

심상이 일어나는 것은 새로운 정보가 입력되지 않아도, 자연스럽게 작동된다. 다시 말해, 마음은 어떻게 명상을 하고 심상을 일으키는지 말할 필요가 없다. 그것은 이미 완전하게 진행되고 있는 것이다.

우리가 명상적으로 자각하게 되면, 우리가 가지고 있는 모든 의문은 사라지게 될 것이다. 왜냐하면, 우리가 할 수 있는 모든 질문과 그것에 대한 해답들은 그 모두가 명상 안에 있기 때문이다.

명상을 통한 자각

명상적인 자각에 있어서는 근본적으로 중요한 세 가지 요소가 있다. 첫 번째는 고요함이고, 두 번째는 마음이 있는 그대로 열리는 것이고, 세 번째는 조화로움이다. 명상을 실천함으로서 우리는 자연스럽게 고요함과 편안함, 그리고 안정감을 되찾게 된다.

명상이 확립된다는 것은 이러한 세 가지 근본적인 것을 토대로 불신이나 걱정, 결정론적인 판단으로부터 자유로워지는 것이다. 그것은 '명상'이나 '명상자'가 서로 관련되는 것도 아니며, 어떤 일이 진행되는 과정에서도 '옳고 그름'에 대하여 관여하는 것도 아니다. 그것은 다만, 질문이 존재하지 않는 본연의 상태로 있는 것일 뿐이다.

우리는 집착과 갈망으로부터 스스로 벗어나면서 명확함과 조화로운 느낌을 경험하게 된다. 그러한 총체적인 경험을 통하여 자각된 감수성은 매우 아름답다. 우리는 바로 그때, 자신의 생각과 감정을 있는 그대로 아주 명확하게 볼 수 있게 된다.

그리고 말하고, 생각하고, 행동하는 일상 생활의 모든 면에서 명상적으로 자각된 상태가 우리의 삶에 어떤 영향력을 미치는지에 대하여 깨닫는 것이야말로, 바로 이러한 세 가지의 명상적인 요소들을 실질적으로 경험하는 것이다. 그것은 우리가 알고 있는 진실들에 대한 명확성으로부터 오는 기쁨과 만족스러움을 자각하는 것이다. 명상을 경험함으로서, 우리의 시야는 자각된 상태에서 점차 넓어져만 가며, 그것은 우리의 일부가 된다.

순수한 의식 속에서의 명상은 열려있는 빈 공간과 같다고도 말할 수 있다. 거기에는 주체와 대상이 존재하지 않는다. 오직 특정한 대상에 집중할 때, 우리는 이원론적인 공간과 연결되는 것이다.

즉, 우리의 정신은 이원론적인 방식을 통하여 대상을 바라보게 되며, 현실에 대하여 단편적으로 판단하고 무엇인가를 결론 내려야 한다는 강박관념에 휘말리게 된다. 이러한 방식은 수많은 주체와 객체의 관계들을 일괄적인 형태로 고정시킨다. 그리고 집착과 욕망, 걱정과 근심 등은 모든 존재 속으로 들어가 각자의 에고를 낳는 원인이 된다.

순수한 의식은 이런 식으로 예정된 어떠한 틀이 발생하기 이전의 상태, 즉 최초의 순간에만 존재한다. 예를 들어, 우리가 아침에 깨어났을 때의 첫 느낌은 매우 새롭고 예민하다. 그러나 조금 지나고 나면, 언제나 그랬던 것처럼, 우리가 지니고 있는 일상의 감각들로 되돌아온다.

우리는 "자신의 인식, 그리고 이러한 감각은 어디에 숨어있는가?"라고 의문을 가질 것이다. 연이어 우리는 "이러한 감각에 속해 있는 나는 누구인가?"라고 생각할 것이다. 그리고 나서는 보고, 듣고, 만지고 있는 과정들이 누구에 의해서 이루어지는지 의문을 갖게 될 것이다. 또한 그 모든 것들이, 진정한 본연의 과정이라는 것을 알지 못한다.

그 대신에 "나는 안다. 느끼는 것도 나이고, 보는 것도 나이다."라고 생각하게 된다. 그로써, 우리는 모든 것을 주관적으로 개념화 시켜버리는 존재로 남게 되는 것이다. 어딘가에 속해 있는 것은 언제나 무언가에 종속 당하고 있는 것이다.

이것이 바로 에고의 시작점이다. 에고는 나 또는 자아의 확립으로 시작하지만, 자아로부터 벗어난 존재, 그 고유의 상태를 자각하지 못한다. 에고는 전체로부터 분리되고, 그렇게 분리된 상태에서 따로 종속되어 있는 것이다.

이런 내용은, 이론적으로 어떤 방식으로 에고가 발전되는가에 관한 것이다. 그러나 실제로 과거의 모든 순간은, 현재에 더욱 강화되어 존재하고 있기 때문에, 에고는 습관적인 감각의 타성을 계속 유지하면서 더욱 강하게 발전한다는 것이다. 그리고 삶의 고립된 견해에서 벗어나지 않는 한, 에고는 완전한 전체와 합일되지 못하고 끊임없이 분리된 경험을 하는 것이다.

그러나 우리가 모든 것에 대해서 주관적인 삶의 방식을 뛰어 넘기란 쉽지 않기 때문에, 완전한 자각의 상태를 경험하는 경우는 매우 드물다.

마음이나 의식은 언제나 나 자신의 주관적인 관점과 연결되어 있다. 명상을 꾸준히 실천하게 되면, 우리는 그 속에서 어떤 가르침을 얻게 되는데, 나 자신이 명상을 실천하고 있는 주체이며, 그 주체인 내가 명상 속에 있기 때문이다.

그러나 명상을 할 때, 자신이 경험하게 될 무언가에 불안해하거나 어떤 기대를 예측한다면, 그것은 삶을 있는 그대로 직시하지 못하도록 하는 큰 장애를 만드는 것이다. 과거의 아름다운 기억들은 점점 사라지게 되고, 미래에 대한 판단이 흐려지게 됨은 물론이며, 살아있는 현재의 상태에 대해서도 정확하게 인식하지 못한다.

모든 경험에 대한 집착을 버리고 나면, 우리의 인식은 실질적인 발전을 이룰 것이며, 광활한 지식의 문은 완전히 열릴 것이다. 명상적인 자각은 어떤 형태를 가진 것도 아니고, 어디에 속한 것도 아니다. 그것은 모든 것을 경험하지만, 어떤 경험에도 집착하지 않는 것이다. 그러므로써, 우리는 자신의 에고로부터 초월할 수 있다. 삶에 대한 인식이 자각된 상태에서는, 결코 어떤 특정한 대상에 초점을 맞추지 않게 되며, 심지어 명상에 대한 생각조차도 자유롭다.

어떤 생각이 일어난다 하더라도, 있는 그대로 놓아두고, 올바르게 직시할 수 있다. 자연스러운 상태에서, 흐르는 긍정적인 에너지를 받아들이게 되면, 몸에 흐르는 에너지 또한 자유롭게 활동하기 시작한다.

이와 같이, 삶 전체에 에너지가 흘러 넘치게 되면, 우리의 몸과 마음은 완전한 존재로 거듭나며, 명상에 깊숙이 몰입할 수 있게 된다. 즉, 우리의 경험이 바로 명상인 것이며, 명상이 곧 우리의 경험인 것이다.

우리의 인식이 자각된 상태에서는, 또 다른 범주의 세상을 경험할 수 있다. 그것은 잠재적인 육체의 기능이 본연의 자연스러운 상태로 발전하기 시작하는 것이다. 확실하게 열린 상태에 도달하게 되면, 우리는 좀 더 특별한 경험을 할 수도 있다.

만일 그러한 경험들을 다루고, 넘어설 수 있는 지식이 없다면, 그것은 두려움으로 다가올 수도 있다. 우리가 실제로 흐르고 있는 에너지를 느끼고 있다는 것은, 본질적으로 열린 상태로서의 경험을 발전시킬 수 있는 잠재력을 가지고 있다는 것이다.

다시 말하자면, 명확한 인식을 가지고 자신의 삶에 균형을 이루며 자신을 돌보는 것은 대단히 중요하다. 만일 그렇게 하지 않는다면, 우리는 한정된 경험 안에 자신을 가두고, 발전 없는 삶의 흐름 속으로 휩쓸릴 것이다.

우리의 삶이 발전하기 시작하면, 스승을 따르거나 이미 명상을 경험한 친구를 믿는 일에 관해서는 특히 신중해야 한다. 명상에 대한 확실한 가르침은 전통적인 방식 속에서 나오는 것이며, 각각의 명상적인 경험은 개개인마다 모두 다르게 나타나기 때문이다. 그러므로 우리는 다른 사람들의 말과 행동에 마음을 뺏기거나, 어떤 환상에 의해 자신을 혼란시킬 수 있는 상황에 말려들지 않도록 주의해야만 한다.

일반적인 이해를 넘어선 매우 아름다운 경험들은, 높은 수준의 명상을 경험한 사람들에게서만이 자연스럽게 일어난다. 그러나 아무리 아름다운 경험이라 할지라도, 그들에게는 그러한 경험들이 반드시 영적인 진보나 발전을 가져다 주지는 않는다.

명상적인 경험은 오로지 개인의 의식과 관련되어 있다. 만일 우리가 명상을 할 때, 경험에만 집착한다면, 진정한 발전에 있어 장해가 될 것이며, 자신이 무엇을 할 수 있는지, 그 조차도 알 수 없게 될 것이다.

삶에 있어서, 자신이 진정으로 발전하기를 원한다면, 우리는 삶에서 나타날 수 있는 모든 난관들과 자신의 감정 모두를 긍정적인 경험으로 전환시켜야 한다.

우리가 일상적인 삶에서부터, 점점 균형을 찾아가기 시작하면, 부정적인 감정들은 자연스럽게 그 힘을 잃게 될 것이며, 심지어 부정적인 성질을 가진 어떤 것에서도 삶의 아름다움을 발견할 수 있을 것이다. 명상을 통해 우러나온 내면적인 아름다움은, 우리 모두를 웃음 짓게하며 삶을 밝게 비출 것이다.

명상적으로 자각된 상태가 되면 모든 문답들은 완전히 용해되어

버린다. 예를 들어, 우리가 한 번도 못 가본 장소에 대해서는 궁금한 것이 많겠지만, 일단 그 곳에 가서 자신이 직접 경험을 하게되면, 그 경험을 통해 자신이 궁금했던 것들의 의문이 풀리게 될 것이다.

간혹 명상 속에서 인식하지 못하더라도, 고요한 내면 속에서 자신과 대상을 있는 그대로 두게되면 자각된 상태는 언제든지 다시 깨어날 것이다. 인식의 깊은 단계는 자연스럽게 발전하며, 그러한 가르침을 경험하게 됨으로서 우리는 진정으로 자신을 이해하게 된다.

명상적으로 자각될수록, 마치 태양이 모든 만물을 비추듯이, 우리의 삶은 활력이 넘치고 아름다워질 것이다. 우리가 삶에 대하여 아주 작은 것을 이해하고, 그것을 계속 유지해 나간다면, 자신을 억누르는 무거운 짐들은 어느새 가벼워져 있고, 스스로 편안한 가운데 있다는 것을 깨닫게 될 것이다. 몸과 마음이 편안해지면, 우리의 삶은 더욱 확고히 펼쳐지게 된다.

우리는 스스로 가르침을 얻는 자이다. 왜냐하면 만물이란, 우리의 마음이 자각된 상태와 같기 때문이다.

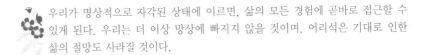

우리가 명상적으로 자각된 상태에 이르면, 삶의 모든 경험에 곧바로 접근할 수 있게 된다. 우리는 더 이상 망상에 빠지지 않을 것이며, 어리석은 기대로 인한 삶의 절망도 사라질 것이다.

조화로운 발전

순수한 의식 상태는 근본적인 의식의 균형으로부터 오는 것이다. 인식 그 자체는 결코 애매 모호하지 않으며, 모든 방식들을 수용하고, 모든 경험들을 받아들인다. 삶에 대한 경험들이 우리의 감각에 흡수되면, 그것은 지각의 방식을 통하여 축적된다. 그런 식으로 축적된 모든 이미지와 기억들은 모두 어떠한 생각들로 형성되는데, 우리는 그것을 '의식'이라고 말한다.

의식이 형성되는 과정은, 어떠한 특별한 의식이 존재하는 것도 아니며 그 본질이 실재하는 것도 아니다. 다시 말하자면, 의식이란 단지 우리에게 '의식이 있다는 생각'만으로 형성되는 것이며, 그 내용은 물질에 관한 수많은 현상적이고 일시적인 방식들이 차곡차곡 수집된 것에 불과하다.

만일 우리가 현상적이고 일시적인 방식들을 모두 쓸어내 버린다면, 마음은 텅 빈 공간에 불과하다. 의식의 끝이란, 의식 그 자체가 더 이상 기능하지 않는 것이다. 의식의 끝을 넘어 자각된 상태가 되면, 우리는 현재를 바로 인식할 수 있으며, 있는 그대로 직시 할 수 있다.

학 생 어떻게 자신이 자각된 상태에 이르렀다는 것을 알 수 있습니까? 도대체 어떤 느낌으로 알 수 있는 것입니까?

린포체 느낌은 의식 안에 포함되는 것이다. 인식이란 의식 안에도 있고, 의식을 넘어서도 있다. 우리가 어떤 것을 알아갈 때 언어와 개념, 이미지와 상상 등을 통해 알아 간다면, 우리의 인식은 의식을 넘어서는 상태가 될 수 없다. 그러나 명상적으로 깊은 자각에 이르면, 우리의 인식과 의식은 이미 공존된 상태를 의미한다. 그것은 모든 감각과 상징, 개념과 생각들을 넘어서게 된다. 명상을 통해 아무리 긍정적인 느낌을 경험을 한다고 할지라도, 인식이 자각된 상태가 아니라면, 우리의 삶은 습관적인 행동방식에서 벗어날 수 없다.

학 생 집중과 의식과 자각은 무엇으로 연결되어 있습니까?

🧑 **린포체** 집중이 이어지는 상태가 아마도 의식이 발전되는 상태라고 할 수 있을 것이다. 그러나 그것이 자각된 상태라고 말할 수는 없다. 자각되지 않은 상태의 의식은 크림이 빠진 우유나 과즙이 없는 과일과 같은 것이다.

👥 **학 생** 집중이 이어지지 않은 상태에서도 우리는 자각할 수 있습니까?

🧑 **린포체** 그렇다. 자각한다는 것을 달리 말하면, 우리의 삶을 발전시키려고 노력하는 것이라고 할 수 있다. 일단 자각이 되고 나면, 우리는 그것을 펼쳐나가야 한다. 그 과정을 세 단계로 나누면, 첫 번째는 '집중'을 하는 것이다. 그리고 두 번째 '의식이 자각'하는 것이다. 세 번째는 자각된 상태에서의 '인식이 확장되고 발전'되는 것이다. 마지막으로 한계가 사라질 때까지 '인식이 계속 확장'되는 것이다. 우리는 형상을 가진 모든 실체들과 관련될 수 있다. 즉각적인 인식은 모든 형상의 외관을 꿰뚫고 본질을 파악한다.

👥 **학 생** 어떻게 의식을 뛰어넘고 자각된 상태가 될 수 있습니까?

🧑 **린포체** 우리는 자신의 생각을 고정방식 속에 은폐하고 드러내지 않음

으로서, 고유의 인식에 한계를 둔다. 우리가 명상을 진행하는 중에 일어나는 모든 이미지들과 즉각적인 생각들에 열중한다면, 그것은 매우 바람직하지 못하다. 오직 있는 그대로의 상태를 직시하고 확고한 심상을 가지고서 자신의 만트라(Mantra)를 실천하고, 매사에 긍정적인 행동을 통해서만이 우리의 의식은 자각된 상태로 연결될 수 있을 것이다.

 학 생 어떻게 하는 것이 올바르게 명상을 하는 것입니까?

린포체 명상의 낮은 단계에서는 언제나 주관과 객관을 분리하는 이원론적인 사고에 속하게 되지만, 명상의 높은 단계에서는 모든 사고를 넘어서게 된다. 분리된다는 것은, 대상을 의식하는 존재가 오직 인식하기만 하는 존재를 구분하려는 의도 때문에 생겨난다. 의식은 정신적으로 각인된 인상을 수집하지만 자각된 인식은 그렇지 않다.

우리가 명상 속에서 어떤 생각들과 이미지, 사물들에 대하여 계속 인식하려고 노력한다면, 의식적으로 지각할 수 있는 감각들에만 계속 집착하게 될 것이다. 그렇게 되면, 우리는 가변적인 감정들에 휘말리게 될 것이고, 계속해서 이원론적인 속성 속에 갇혀있게 될 것이다.

우리의 생각과 느낌을 바라보고, 명확한 상태로 집중하는 것은 우리에게 행복감과 즐거움을 가져다 줄 수 있는 일시적인 기술이다. 그러나 만일 우리가 명상적으로 자각되기를 바란다면, 대상에 집중하는 감각적이고 지적인 생각을 뛰어 넘어야만 한다. 다시 말해, 의식을 초월해야 한다는 것이다.

 학 생   어떻게 의식을 초월할 수 있습니까?

 린포체   즉각적으로 인식하라!

그러나 명상을 하면서, 우리는 언제나 실질적인 무언가를 하기 원하며, 그것에 대한 결과를 기대한다. 그리고 결과를 기대할 수 없는 경우의 일에 대해서는 아무런 가치가 없다고 생각한다.

우리는 몇 년 동안 명상을 하면서도, 삶에 있어서 아무 것도 얻지 못할 수도 있으며, 명상을 하는 자체가 무지몽매하고 따분한 것으로 여겨질 수도 있다. 그러면 실망하게 될 것이며, 결국 명상을 그만두게 될는지도 모른다.

실제로, 이러한 추측은 난감하고 막막한 상황을 예견한다. 왜냐하면, 우리가 삶에 대하여 포기하는 것을 그대로 방관하는 일이기 때문이다.

 학 생   그런데, 스승님은 명상이 모든 행동을 포기하게 하는 원인이 된다고 가르쳤습니다.

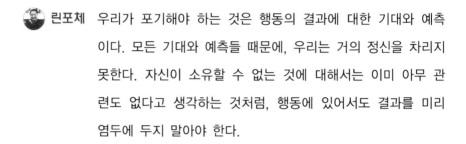

린포체 우리가 포기해야 하는 것은 행동의 결과에 대한 기대와 예측이다. 모든 기대와 예측들 때문에, 우리는 거의 정신을 차리지 못한다. 자신이 소유할 수 없는 것에 대해서는 이미 아무 관련도 없다고 생각하는 것처럼, 행동에 있어서도 결과를 미리 염두에 두지 말아야 한다.

학 생 그 무엇도 나와 아무 관련이 없는 것이라면, 명상이 우리에게 주는 이로움은 과연 무엇입니까?

린포체 명상이 우리에게 주는 이로움은 실체가 없다. 그것은 어딘가에서 찾아내는 것이 아니라, 우리가 에고를 넘어설 수 있을 만큼 초월할 때, 알 수 있는 것이다. 자각된 인식은 눈에 보이는 것이 아니며, 결코 특이한 것도 아니다. 그렇다고 무엇인가를 특별하게 의미하는 것도 아니다. 그것은 오직 삶에 대하여 더욱 깊이 이해하고 깨닫는 것이다.

학 생 스승님의 말씀대로라면, 어떤 사람이 진정한 깨달음을 얻었을 때, 어쩌면 그는 실망하게 될 수도 있겠습니다.

린포체 나도 그렇게 생각한다. 우리는 자신이 상상했던 기대가 충족 되지 않은 경우에는, 실제로 실망하게 된다. 그러나 명상적으 로 자각된 상태가 더욱 깊어질수록, 단순히 환상적이고 억지 로 만들어낸 이야기들은 우리의 삶에 존재하지 않는다는 것을 깨닫게 될 것이다.

몇 년 동안 계속 명상을 하는 사람들은, 자신이 명상을 통하여 무엇인가를 얻을 것이라고 생각할 것이다. 그러나 명상을 통해 서 우리가 얻는 것은 과연 무엇이겠는가?
우리는 명상이 자신의 느낌을 풍부하게 하지도 않고, 지각력을 향상시키지도 않으며, 육체적인 상태와 정신적인 상태에 이로 움을 주는 것이 아니라면, 무엇이 좋아서 명상을 하는 것인지, 의문을 갖게 될 것이다.

 학 생 그러나, 어떠한 특정한 이유가 있어서 명상이 좋은 것은 아니 지 않습니까?

 린포체 명상은 실질적으로, 우리를 즐겁고 편안하게 하고, 몸과 마음 의 균형을 이룰 수 있도록 도움을 준다. 그러나 명상적인 경 험이 깊어지면서, 우리는 단순히 명상을 하는 그 자체로서만 목적을 가지지 않는다는 것을 알아갈 것이다.

학 생 스승님은 왜 명상을 가르치십니까?

 린포체 사람들에게 기대를 하지 않은 방법을 가르쳐 주려고 하기 때문이다. 우리가 어떤 것을 기대하면, 언제나 실망이 따르기 마련이다.

우리가 어떤 것도 기대하지 않는 것만이, 자신이 깨어있을 수 있는 유일한 방법이다. 진정으로 아무 것도 기대하지 않을수록, 우리는 깨어있을 수 있다.

우리가 살아가면서 어떤 난관을 겪더라도, 그것을 피하지 말고 뚫고 나가야 한다. 우리는 삶에 있어서 어떤 것도 경험할 수 있으며, 어떤 상황도 극복할 수 있다. 우리가 명상적으로 자각된 상태에서는, 기대와 실망으로 감정이 흔들리는 일은 생기지 않으며, 삶에 대하여 즉각적으로 경험할 수 있다.

일반적으로, 둔하고 불안한 것은 부정적이고, 행복하고 활기찬 것은 긍정적이라고 느낀다. 우리는 언제나 이러한 어떤 상황이든 처하겠지만, 인식이 자각된 상태에서는 감정이 한쪽으로 기울지 않고 균형을 이루게 된다.

예를 들어, 우리는 자신의 감정을 재빠르게 다른쪽으로 옮길 수 있다. 단 몇 분만에 우리는 화가 날 수도 있고, 또 단 몇 분만에 편안해질 수도 있다. 말하자면, 짧은 시간동안 우리의 마음은 얼마든지 부정적인 것에서부터 긍정적인 것에까지 왔다 갔다 할 수 있다는 것이다.

우리는 이제부터 무엇을, 어떻게 하겠다고 선택하기 전까지는, 어떤 것도 정해지지 않는 상태가 된다. 이제 우리는 선택을 해야 한다.

 학 생 어떻게 하는 것이 우리의 삶에 있어서 최고의 행동을 하는 것입니까?

린포체 그것은 자신의 인식이 자각된 상태에 도달하도록 하는 것이다. 그리고 자각된 상태의 인식을 믿는 것이다. 자각된 인식은 태양과 같아서, 언제나 우리를 밝게 비춰주며, 우리의 몸과 마음을 보호한다. 그것은 여러 감정을 나열하거나, 습관적인 행동 방식들을 축적시키지 않으며, 고통을 만들어내지도 않는다. 자각된 인식은 마치, 뿌리는 진흙 속에 있어도 꽃은 언제나 순수하게 있는 연꽃과도 같다.

인식을 발전시키기 위해서, 첫째는 명상을 실천하는 방법을 알아야 하며, 두 번째는 그 명상을 넘어서야 하며, 세 번째는 그러한 내면의 가르침을 발전시켜야 한다.

우리는 명상에 대하여 어떤 개념적인 생각들을 버려야할 필요가 있다. '명상은 이런 것이다'라는 자신만의 양식을 정해 놓고, 그 조건이 맞을 때에만 그저 습관적으로 하는 것이 아니다. 명상이란 언제 어디서나 필요한 것이다.

명상은 결정적인 구조를 지니지 않으며, 자신만의 어떤 것도 아니다. 다시 말해, 우리의 인식이 발전하면 할수록, 그것은 더 이상 나만의 소유가 아닌 것이 된다. 자각된 인식은 절대로 에고와 연결되어 있지 않다.

우리가 자각된 상태에 이르려하는 것은 진정한 삶의 도전이다. 그러나 그것을 위해, 특별히 외부적인 노력을 하는 것은 불필요하다. 오직, 자신의 몸과 마음의 균형을 유지하면서, 내재된 인식의 문을 열라.

명상은 우리의 머리에 속해 있는 것이 아니며, 어떤 생각도 아니다. 머리는 오직 생각을 만들어 낼뿐, 그 이상은 아니다. 자각된 상태의 인식의 단계에서는, 끊임없이 꼬리에 꼬리를 물며 떠오르는 생각들은 어떤 의미도 없으며, 아무런 가치도 지니지 못한다.

자각된 상태는 영원히 확장되며, 어떤 것도 그것의 한계를 예측할 수는 없다. 우리는 그러한 속성에 따라 완전히 열린 상태에서, 끊임없이 전체적인 조화를 이루게 할 수 있다.

제 5 장

전수

훌륭한 스승을 만나기는 어려운 일이다. 마찬가지로, 뛰어난 제자를 만나는 것도 어려운 일이다. 스승은 책임감을 가지고 제자를 대해야 하며, 제자는 스승이 가르친 모든 것들을 기꺼이 받아들이고, 스승에게 헌신할 수 있어야 한다.

스승과
제자와의
관계

서양 사람들은 지식을 얻기 위한 왕성한 욕망을 가지고 있으며, 지식을 쌓는다는 자체를 매우 소중하게 여긴다. 그러나 일반적인 의미에서의 지식이란, 단지 학문적인 것을 말하는 것일 뿐이다. 그것은 일종의 정보의 축적으로, 직접적인 경험으로부터 나온 본질적인 이해의 과정은 매우 무지한 상태이다.

지식을 전수함에 있어서 중요한 것은 스승과 제자가 서로 역동적으로 연결되어야 하며, 삶에 대한 본질적인 관점을 가지고 있어야 한다. 대부분 무엇을 배우는 쪽의 태도는 매우 기계적이다.

일단 지정된 수강료를 지불하고, 자신이 필요로 하는 기술이나 안목을 배우게 된다. 그리고 필요한 교육과정이 지나고 나면, 스승과 제자 사이는 서로에 대해서 다시금 잊어버린다.

경험적인 이해가 스승으로부터 제자에게 전수되는 전통은 이제 서양에서는 거의 잊혀진 듯 해 보이지만, 몇 백년 전까지 만해도, 그것은 유럽의 비밀스러운 전통에까지 남아 있었다. 그러나 스승과 제자를 이어주는 고리는 한번 끊어지게 되면, 그것을 정상적인 상태로 돌리기란 매우 어렵기 때문에, 그 이후 경험적인 지식의 이해를 얻기란 대단히 곤란한 상황이 된다.

우리에게 아무리 본연의 마음의 상태가 존재한다 해도, 자신을 이끌어줄 온전한 안내자 없이, 자신의 내면을 경험할 수 있는 기본 요소들을 발전시키고, 일상 속에서 모든 경험을 통합시킬 만한 인식을 얻는 경우는 매우 드물다.

지난 몇 년 동안, 그 수가 많지는 않아도 가르침을 전파하고자 여러 나라의 스승들이 이 나라, 미국 땅으로 넘어왔다. 아마도 그러한 확고한 신념을 가진 스승들이 여기에 뿌리를 내린 것 같다. 그 혁명적인 영혼들은, 우리를 근본적으로 이끌어 줄 수 있는 생각의 방식과 마음가짐에 대해서 가르치고, 삶을 긍정적인 태도로 전환시키는 등 여러 방면에서 이 나라에 도움을 주고 있다.

그러나 동양에서 온 스승들의 많은 지식들이 어떤 특별한 매력을 지니고 있는 것은 인정하지만, 전통이란 종종 신뢰감이 없어 보이고, 예로부터 내려오는 방식을 따른다는 자체가 비이성적이거나 비효율적이라고 여기는 경우가 많기 때문에, 대부분 그러한 전통적인 방식을 무시하고, 서양의 체계에 따라 새로운 지식을 이용하려는 경향이 지배적이다. 또한, 스승과 제자간에 갖는 밀접한 관계들이 특별하게 여겨질지라도, 자신이 실제 그런 관계를 갖는 것은 불편해 하는 경우가 많다. 그렇기 때문에 동양의 스승들은 경험적인 지식을 이해하기 위해서 단지 학문적으로만 접근하려고 한다.

티베트에는 향수와 약을 만들기 위해 쓰이는 어떤 사향이 있는데, 그것은 특이하게 한 종류의 사슴에게서만 나오기 때문에, 사람들은 그 사향을 매우 귀중하게 여긴다. 사냥꾼들은 그러한 사향을 구하기 위해서 무슨 일이라도 다 하기 때문에, 늘 사슴에게는 살얼음판과 같은 위험이 도사리고 있다. 마찬가지로, 어떤 제자들은 스승이란, 오직 자신이 필요한 것을 줄 수 있는 존재로서만 가치를 두기 때문에, 그들은 스승이 단순히 자신의 머리를 파는 일을 할 뿐이라고 생각한다.

그러나 이러한 태도는 스스로 배우는 과정을 모두 뒤엎는 태도이다. 스승과 제자의 상호간에 갖는 밀접한 관계는 제자에게 특히 더 중요한 것이다. 진정한 가르침을 이해하기 위한 방법은 직접적인 경험을 통하여 받아들이는 것이다. 그리고 이러한 배움의 과정은 스승의 세심한 안내를 필요로 하는 것이다.

우리는 마치 우표를 수집하듯이, 가르침에 대해서도 수집하려고 한다. 우리는 힌두이즘(*Hinduism*), 수피즘(*Sufism*), 카규(*Kagyu*),

닝마(*Nyingma*), 젠(禪, *Zen*) 등등 여기 저기에서 적은 정보만을 모으면서, 자신이 지식을 얻고 있다고 느낀다. 그러나 잡다하게 무분별한 정의와 개념, 수행기법들을 주워 모으는 것은, 도움이 되기보다는 오히려 자신을 더 해롭게 하는 일이다. 어떤 전 후 관계의 내용을 모르고 단순히 부분적으로 조각난 내용만을 수렴하는 것은 가르침에 대하여 비뚤어진 관점으로 바라보게 할 뿐이다.

전통적인 스승과 제자의 관계는 배우고 나누는 것이 바탕이 되어야 하며, 진실한 헌신과 감사로 그 관계가 유지되는 것이다. 학생은 스승으로부터, 전통적으로 이어져 내려온 가르침의 과정들에 대한 정보를 얻게 된다. 스승의 의무는 정보의 전달을 수반하는 것이다. 그러한 일들은 모두 단독적으로 이루어지며, 다른 사람들이 함께 하는 경우는 거의 없다.

스승과 제자간의 경험적인 이해를 전달하고, 그것을 통과하는 전통은 모든 부분이 계승된다. 그러나 스승과 제자간의 관계가 지속적으로 이어진다 해도, 지식에 대한 경험적인 이해를 얻기란 쉽지 않은 일이다.

스승들은 모두 독자적인 방식과 성격을 가지고 있다. 그들의 일반적인 관점에서는 서로의 방식을 인정하지 않을 수도 있다. 그러나 나름대로의 독특한 방식들은 모두 옳은 것이며, 심지어 가치 있는 일이기도 하다. 만일 이렇게 다양한 방식들이 없었다면, 가르치는 방식은 오직 한 가지로만 지속되어 왔을 것이다. 그러나 제자는 이러한 방식의 차이점을 찾아내거나, 여러 스승들을 가려내고 선택하는 일에 자신의 마음을 빼앗겨서는 안 된다. 또한, 겉으로도 그렇게 행동하는 것은 바람직하지 못하다.

제자로서 중요한 것은 지식을 이해하고, 그것이 온전하게 펼쳐질 때까지, 스승과 긍정적인 관계를 가꾸고, 그런 관계를 온전하게 유지하는 것이다. 우리는 '스승은 이래야 한다.'라는 선입견을 갖지 말아야 한다.

우리는 어떤 신선한 자극이나 감동을 받기 원할 뿐만 아니라, 매우 유쾌하고 쉽게 가로질러 갈 수 있는 방법들을 원한다. 그런 이유들로 인해 스승들을 대할 때, 외적인 이미지를 중요하게 여기는 경우가 많다. 외적인 이미지는 실제로 많을 것을 의미한다. 그러나 스승은 외형만을 보고 선택해서는 안 된다.

우리가 진정으로 따를 수 있는 스승은, 경험적인 깨달음으로 인한 동정심이 깊이 녹아든 가르침을 줄 수 있어야 한다. 그리고 제자는 스승이 실제로 가르치고자 하는 것이 무엇인지에 대하여 이해하는 것이 매우 중요하다. 감정적으로 단순히 자기 중심적인 동기를 부여하지 말고 자신이 지금 무엇을 하고 있는지 반드시 자각해야만 한다.

훌륭한 스승을 만나기는 어려운 일이다. 마찬가지로, 뛰어난 제자를 만나는 것 또한 어려운 일이다. 이러한 것은 단순히 배우고 가르치는 과정이 아니라, 스승은 책임감을 가지고 제자를 받아들여야 하며, 제자는 스승이 가르친 모든 것을 기꺼이 받아들이고, 그에게 헌신할 수 있어야 한다.

우리의 깨달음에 대한 열망은 영적인 길로 들어서게 할 수 있는 동기를 부여한다. 그러나 안정감을 잃거나 처음의 열망이 희미해질 때, 그 열망을 유지시킬 만한 인내심을 갖지 못하는 경우가 많다.

우리는 가르침의 등불에 매혹 당하지만, 그 빛이 불편하다고 생각되면, 곧, 기세가 사그라진다. 스승과 제자간의 진기함으로 인해 얼마동안은 관계가 유지될는지 모르지만, 크나큰 기대는 채워지지 않을 것이며, 스승이 가르치는 모든 방식들은 자신을 억압하기 위한 것처럼 보일 것이다. 그리고 나서, 우리는 충분한 가르침을 받았는지 스스로 자문해 볼지도 모른다. 그리고 더 새롭고 좋은 스승을 찾기 위해 관계를 깨뜨리게 될지도 모른다.

그러나 어떤 불만 때문에 스승을 떠난다면, 그것은 다른 누군가를 다시 찾는데 거의 도움이 되지 않는다. 스스로 조정할 수 없는 불만이란, 단지 자기 안에 숨어있던 장애가 드러나는 것이기 때문이다.

스승과의 진지한 관계와 믿음을 생각한다면, 그것을 깨는 것은 매우 절망적인 결과가 되는 것이다. 궁극적인 성장을 위한 소중한 기회는, 매우 부정적인 상황으로 바뀔 수 있다. 그러므로 우리가 스승을 만나게 되었을 때에는, 모든 일을 자신의 스승과의 관계에 확고히 맡겨버리는 것이 가장 바람직한 일이다. 그것은 우리가 삶의 과정에서, 진정한 발전을 이룰 수 있는 기회를 맞이하는 일이기 때문이다.

우리가 스승의 가르침을 따른다면, 이전에 이해할 수 없었던 방식들에 대해서도, 나중에는 깨닫게 될 것이다. 그리고 그 순간, 스승이 우리에게 주는 것에 대하여, 우리가 얼마나 무지했었는지도 알게 될 것이다. 스승과 제자와의 관계는 삶에 있어서 최고로 극적인 경험이 될 수 있다. 그것은 우리의 삶을 더욱 풍부하게 하고, 삶이 발전할 수 있는 과정을 촉진시킨다.

스승과 가르침, 그리고 자기 자신은 영적인 발전을 도모하기 위한 근본이 된다. 이 세 가지는 진정한 성장을 위해 친밀하고 직접적으로 연결되어야만 한다.

이 세 가지 중에 어떤 것 하나라도 잃게 되면, 우리의 성장은 제한된다. 또한 세 가지 요소 모두는 좋은 친구들처럼 서로 믿고 의지해야 한다. 스승의 가르침을 전수 받기 위해서, 마치 우리는 흰색 천에 색이 물 드는 것처럼, 또는 카메라의 필름처럼 열린 상태로 모든 가르침을 받아들여야만 한다. 가르침의 빛이 비추었을 때, 우리는 스승의 이미지로 변모될 것이다.

우리는 스승과 그 가르침을 경험하고, 가르침과 자신은 하나가 될 것이다. 그것은 마치 이전에는 오직 작은 램프 하나만을 의지하고 있던 작고 어두운 방이 램프의 불빛으로 인해 갑자기 햇빛으로 가득한 무한한 공간으로 열리게 되는 것과 같은 깨달음을 얻게 되는 것이다.

진정한 지식에 대한 경험의 기쁨과 소중함은, 스승과 제자간에 거쳤던 모든 역경을 가치 있게 만든다. 이러한 관계의 중요함은 아무리 강조해도 지나치지 않는다.

만일 경험적인 지식이 전수되지 않아, 다음 세대로 전해지지 않는다면, 광대한 지혜는 사라져버리게 될 것이다.

최고의 스승은 궁극적으로 자기 자신이다. 우리가 자각된 상태에 이르고 완전히 열리게 되면, 가장 올바른 방향으로 자신을 인도할 수 있다.

스승에 대한
내면의 믿음

학 생 깨달음이 열린 후, 그로 인해 모두를 좋은 방향으로 이끌 수 있는 방법은 무엇입니까? 그리고 그 속도가 보다 빠르게 진행될 수 있는 방법은 무엇입니까?

린포체 우리에게는 그러한 방법을 가르칠 스승이 필요하다. 그러나 그것에 대한 방법을 단지 1~2주일 동안만에 가르칠 수는 없는 일이다. 그렇게 한다면, 매우 지루한 과정이 될 것이며, 궤변적인 말을 가지고 억지로 끼워 맞추는 식이 될 것이다.

직관적인 내면의 성장을 위해서는 훌륭한 스승의 도움이 필요하다. 그러나 스승들이 자신의 제자들은 잘 다루어도, 다른 모든 사람들의 마음과 경험에 대해서는 깊이 이해하지 못하는 경우가 많이 있다. 그들은 한 사람의 특성에 대해서는 잘 아는 지 모르지만, 개개인이 가지고 있는 의식의 차이에 대해서는 세밀하게 인식하지 못하는 경우가 있다. 가장 세밀하고 섬세한 차이는 완전하게 깨달은 사람에 의해서만이 보이는 것이다.

 학 생 인간에게 영적인 스승이 반드시 필요하다고 생각하십니까?

 린포체 반드시 그렇다고 말 하기는 어렵다. 어떤 사람은 스승의 안내 가 필요하지만, 또 어떤 사람은 그렇지 않을 수도 있다. 환상 에 사로잡히지 않고 자신을 제어할 수 있다면, 더 이상 스승 은 필요하지 않을 것이다. 그러나 그런 때가 올 때까지는 자 신에게 도움을 줄 만한 최소한의 친구라도 있어야할 필요가 있다.

영적인 길을 갈 때에는, 내적으로나 외적으로 여러 가지 난관 들이 있다. 그러한 난관들로부터 자신을 지키면서, 타인의 도 움 없이 자신의 길을 홀로 헤쳐 나가는 것은, 결코 쉬운 일이 아니다. 그렇기 때문에, 영적인 길을 가는 행로에 있어서 누군 가로부터 좋은 영향을 받는 것은 매우 중요한 일이다.

우리는 자신이 추구하는 것과 같은 방향을 가진 사람들에게 지지를 받음으로서, 어떤 난관으로부터 발생될 수 있는 내적인 갈등을 줄이고, 용기를 얻어 계속해서 전진할 수 있게 된다.

그리고 내면적인 강인함이 발전할수록, 우리는 자기 자신과 다른 사람들 모두를 위해, 전체적인 삶을 긍정적인 방향으로 이끌 수 있게 된다. 그러나 삶에 대한 지식이 내적으로 완전히 무르익기 전에 다른 사람들과 어떤 일을 함께 도모하는 것은, 자신이 얻은 힘을 잃게 되는 원인이 될 수 있으며, 경우에 따라서는 자신을 손상시킬 수도 있다. 말하자면, 우리는 에고를 극복해야만 하며, 그것을 위한 가장 좋은 방법은, 자기 자신을 진정한 친구로 삶는 것이다.

우리가 스스로 즐거울 때, 에고는 좌절과 불만에 흔들리지 않고 고요함을 찾게 될 것이다. 우리가 가지고 있는 문제는, 절망적인 상황 속에서 자신이 가지고 있던 생각들로 인해 발생되는 것이다. 갈등이란, 우리가 내면적인 소리에 귀기울이지 않았을 때 발생한다.

 학 생 제자가 자신의 스승을 떠나는 때는 언제입니까?

 린포체 삶에 더 이상 현혹되지 않고, 그 진실을 깨달았다면, 스승을 떠날 수 있을 것이다. 삶의 본질을 알고 스스로 확신을 갖게 되면, 우리의 삶은 점점 진화할 것이다.

 학 생 '헌신하는 것'과 '의지하는 것'의 차이는 무엇입니까?

린포체 이지적인 관점에서는, 헌신이란 높은 수준의 미덕을 의미하지 않으며, 대부분의 사람들은 헌신 그 자체의 심리적인 이로움을 이해하거나 깨닫지 못한다.

헌신은 그 감정을 통하여, 자신의 힘과 에너지를 강화할 뿐만 아니라, 삶에 대한 확고함을 창조한다. 또한 삶의 인식을 늘리고 발전시키기 위해서도 이로운 것이다.

영적으로 헌신하는 것은 자신의 열망을 표현하고, 내적인 마음을 다룰 수 있기 때문에 더욱 가치가 있다. 그것은 자기 자신을 영속적으로 발전시킬 수 있는 아름다운 도구가 된다.

 학 생 감정적인 동기유발의 힘은 어디에서 발생합니까? 우리가 가지고 있는 불꽃(정열)에 대하여 말씀해 주십시오. 아무리 적은 양의 공기를 내뿜어도, 그 불길은 잘 타오를 것입니다. 이런 의미에서 감정은 매우 적극적인 요소로 보입니다.

린포체 그대의 말이 옳다. 그것은 종교적인 체계 안에서 이해가 되는 내용일 것이다. 그런 감정이 바로 '헌신'이며, 그렇기 때문에 그토록 중요하게 느껴지는 것이다.

헌신이 맹목적인 신념을 바탕으로 한 것이거나, 영혼의 고갈로 인한 징후일지라도, 헌신과 기도는 인식의 더욱 섬세한 부분에까지 접근하는데, 매우 영향력 있고 강력한 도구이다.

헌신을 통한 영감과 방식은 계보에 따라 많은 명상자들에게 이미 내적으로 알려져 있다.

학 생 저는 스승에 대한 생각 때문에 늘 괴로워하고 있습니다. 그래서 지금까지 스승을 찾고 있습니다. 그리고 누군가를 찾았다면, 저는 제 열망을 채워줄 그를 존경할 것입니다. 스승의 역할과 목적에 대해서 좀 더 말씀해주십시오.

린포체 몇 백년 전의 세상에서는 종교적이나 영적인 측면에 대단한 존경심을 갖곤 했다. 그러나 사람들이 점점 과학 중심적이 되면서, 그러한 태도들은 변하기 시작했다.

모든 것은 과학적으로나 이성적으로 증명되어야만 하고, 직관이나 진리를 통해 얻어진 지식이나 지혜는 구체적으로 단정할 수 없는 것이 되어버렸기 때문에, 진리나 헌신에 대한 의미가 약해졌다.

그런 이유로, 오늘날에 와서는 헌신적인 마음을 행하는 것은 많은 내적인 갈등의 원인이 된다. 그러므로 누군가를 전적으로 믿는다는 것은 에고의 독립성을 위협할 수 있으며, 그런 일이 일어났을 때, 스승과 제자와의 관계는 불편해질 수 있다.

우리는 일반적으로 스승을 제자보다 월등한 존재로 간주한다. 그리고 왠지 불평등한 느낌을 갖게 한다. 그러나 그것은 스승과 제자간의 가치를 제대로 알지 못하는 것이다.

우리는 진심과 상대에 대한 헌신을 통하여 위대한 관계를 얻을 수 있다.

훌륭한 스승은 우리의 내면의 성장과 발전에 영감을 일으키고 정확한 가르침을 안내하기 위해 스스로 책임을 다한다. 스승과 제자와의 관계는 상호 위탁관계 속에 신뢰로 연결되어 있다. 만일 스승을 따르는데 있어서, 우리가 스승에게 놀아나고 있다고 느끼거나, 조종당하고 자신이 바보가 된 기분을 받는다면, 헌신의 마음은 자칫 이롭지 못한 방향으로 가게 될 것이다. 우리는 진정한 안내자를 원한다.

누구나 스승에게 확실한 정보나 조언을 받고 싶어한다. 만약 우리가 실제 배우는 것이 자신의 열망과 모순되었을 때에는 스승에 대한 분노의 마음을 갖게 될 수도 있으며, 심지어 스승과의 관계가 깨질 수도 있다.

만일 조금이라도 서로에 대해서 진실하지 않다면, 스승과 제자 간의 믿음은 금방 깨지게 된다. 그것은 진정한 영적인 진보를 이루기에 크나큰 어려움이 될 것이다. 어떤 제자는 스승의 '가르침'에 대해서는 대단히 존경하지만, '스승'에 대해서는 그렇지 않은 경우가 있다. 그러나 스승과 그의 가르침은 하나라는 사실을 인정하는 것은 매우 중요하다.

외부적인 단계에서 스승은 과거의 스승들의 계보로부터 전해 내려 오는 전체적인 가르침의 영감과 그에 따른 이해를 제자에게 직접적으로 전수한다. 전수에 대한 사상은 어떤 내용을 마치 판에 그대로 새기는 것과 같은 것이다. 전수는 우리에게 전기와 같은 힘을 가하는 것과 마찬가지이다. 전류를 통하여 빛을 발하는 것처럼, 우리는 이제까지 내려오는 계보와 하나로 이어지는 것이다.

스승의 가르침을 전수 받음으로서, 제자는 그 자신이 스승이 될 때까지, 스승의 이미지를 가지고 성장하게 된다. 내적인 단계에서의 스승은 내면적인 인식과 자신의 고유의 본성을 의미한다. 우리의 지식, 깨달음, 그리고 일상의 경험은 모두 우리의 스승이 될 수 있다. 우리의 내면이 진정으로 열망하고 염원하는 것은, 궁극적인 진리의 깨달음을 체득하는 것이다.
스승은 진정한 본성을 깨닫게 하게 위해 우리를 안내하고, 자신이 경험한 지식을 전하는 촉매자이다. 스승과의 관계는 우리가 성장해 가는 과정에 따라 만들어져 가는 것이다.

본질적으로 스승이란 좋은 친구이며, 우리의 삶에서 궁극적인 도움을 줄 수 있는 진정한 안내자이다. 모든 사람과 모든 상황은 우리에게 스승이나 친구가 될 수 있으며, 어떠한 고통속에서도 자신의 안내자는 존재한다.

인류의 모든 존재들은 대부분 감정적이며, 감정적인 성질은 사랑이나 즐거움으로 발전한다. 그리고 다른 사람들과의 많은 관계를 갖기를 원하며 접촉하기를 원한다. 우리는 매사 만족스럽고 충족되기를 원하지만, 우리의 친구들이나 애인, 사회, 어떤 때는 자신의 부모마저도 믿을 수가 없다.

우리는 가끔 진정으로 만족스러울 만큼 누구와도 충분히 가까워질 수 없는 것처럼 보인다. 주변에 많은 친구들이 있고, 사회적으로도 성공을 이뤄내지만, 여전히 무언가 만족스럽지 못하다. 왜냐하면 우리는 너무나도 외롭고 그것을 근본적으로 어떻게 해결해야 할지 모르기 때문이다.

사람은 누구나 자신의 욕망이 충족되기를 원한다. 그리고 그 욕망은 감정적인 색채를 가지고서 우리가 하는 어떤 일에 영향을 미친다. 감정이 그 영향력을 발휘하게되면, 우리는 좌절감과 비참함에 빠지게 된다.

그러므로 우리는 진정으로 믿을 수 있는 누군가가 필요하다. 그것이 이루어졌을 때, 우리는 실제로 자신을 이해할 수 있으며, 마음을 열 수 있다. 이러한 의미에서 스승이란, 자신을 높은 수준에서 보게끔 하는 거울이자, 내적인 지식을 원활히 하는 근원이며, 충만함의 완성이다.

마음이 열리게 되면, 우리의 내면에서는 깨달음(경험)이 일어나게 될 것이며, 그 깨달음에 대해서 명백히 알게 될 것이다.

어떤 사람들은 명상에 바로 접할 수도 있다. 그들은 이미 스승의 가르침을 완전하게 받아들일 준비가 된 사람들이다. 그러나 대부분의 사람들이 바로 그렇게 되기는 어렵다.

하지만 스승의 가르침을 따른 순간부터는, 그러한 가르침을 통해서 우리는 스승과 진정으로 통할 수 있다는 것을 알 수 있

게 될 것이다. 다시 말해, 스승의 가르침이란 바로 그렇게 전
수되는 것이다.

명상은 쉽고 간단하게 다가온다. 명상을 잘 실천할 수 있게 되
면, 우리는 명상의 보호 속에 존재하며, 명상 그 자체가 바로
우리 자신의 스승이 된다.
궁극적으로 최고의 스승은 자기 자신이다. 진정으로 우리가 열
리고 깨닫게 되었을 때, 가장 훌륭한 안내자는 바로 나 자신이
되는 것이다.

용어해설

▶ **히나야나**(*Hinayana*) 근본불교(根本佛敎), 소승불교(小乘佛敎)

▶ **마하야나**(*Mahayana*) 대승불교(大乘佛敎)

▶ **바즈라야나**(*Vajrayana*) 금강승불교(金剛乘佛敎)이며 대승불교와 탄트릭 (*Tantric*)불교가 융합된 티벳 불교.
즉, 밀교(密敎)라고도 한다.

▶ **산티라크시타**(*Santirakshita*) 중세 인도 불교의 가장 규모가 컸던 나란 다 대학의 학장이자, 위대한 승려였으며 파드마삼바바와 함께 티벳불교를 일으킨 사람 중에 하나이다.

▶ **파드마삼바바**(*Padmasambaba*) 인도에서 티벳 불교의 가르침을 편 티 벳의 가장 영적인 스승. 그로부터 티벳 의 불교가 영적으로 시작되는 전기를 맞는다.

▶ **삼사라**(*Samsara*) 윤회(輪廻), 삶과 죽음의 연속적인 반복

▶ **니르바나**(*Nirvana*) 삼사라, 즉 윤회를 벗어난 자유와 해탈

▶ **카르마**(*Karma*) 행위 또는 업(業)

▶ **라마**(*Lama*) 티벳의 수도승

▶ **만트라**(*Mantra*) 성스러운 소리, 진언(眞言)

▶ **붓다**(*Buddha*) 부처님, 불(佛)

▶ **에고**(*Ego*) 이기적이며 개인적인 자아

▶ **힌두이즘**(*Hinduism*) 인도의 고유 사상과 힌두교를 말하며 불교에 많
　　　　　　　　　　　　은 영향을 주었다.

▶ **수피즘**(*Sufism*) 이슬람교의 신비주의 사상. 편파적인 이슬람교를 넘어
　　　　　　　　　　이슬람교의 초월주의적인 사상과 보편주의 사상을 전
　　　　　　　　　　파하였음.

▶ **닝마**(*Nyingma*)**파** 티벳의 4대 문파중의 하나이며 겔룩(*Geluk*), 가큐
　　　　　　　　　　　　(*Gakyu*), 사캬(*Sakya*)파 중에서 가장 세력이 크고 서
　　　　　　　　　　　　구에 많이 알려진 파

▶ **젠**(*Zen*) 선(禪)이 일본에 알려진 것이며 서구에서는 '젠'으로 알려져
　　　　　　　있다.

▶ **린포체**(*Rinpoche*) 환생자(還生者). 전생의 기억을 가지고 다시 태어났
　　　　　　　　　　　으며, 티벳에서는 '성인'으로 불린다.

▶ **만달라**(*Mandala*) 우주의 형상을 나타내며 외부적인 기하학적인 도형 뿐만 아니라 내면의 형상을 수행적으로 표현하는 것이기도 하다.

▶ **에테릭**(*Etheric*)**체** 고차원 에너지 또는 기(氣)라고도 불리며 미세한 몸의 요소이며 대기권 상층부와 연결된 에너지의 몸.

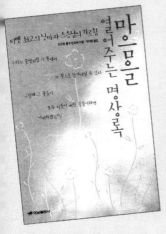

티벳 최고의 닝마파 스승님의 가르침

마음을 열어주는 명상록

삶을 살아가는 것도 곧 명상이다.

'마음의 법칙'과 '삶의 법칙(다르마)'이란 명제를 통해 인간

의 마음이 어떻게 열려 진리에 도달하는지를 깨닫게 하는 티벳

최고 문파 닝마파 스승님의 지혜를 느껴보자.

신국판 / 240쪽 / 값 8,500원

Kum Nye Relaxation

몸과 마음을 치유하는

티벳요가 쿰니 (상·하)

티벳 요가 쿰니(*Kum Nye*)는 고대 티벳에서부터
전해져 내려오는 영적, 의학적인 지식이며 몸
과 마음을 재생시키고 새롭게 하는 효과적인
수련방법이다. 쿰니는 연령에 관계없이 행할
수가 있으며 우리의 육체적인 감각을 재생시켜
집중력을 높이고 에너지를 증진시켜 긴장을 제
거하는 부드럽고 쉬운 수련법이다.
상권에서는 자신에 대한 이해와 기초적인 쿰니
인식을 위한 이론과 마사지, 이완법을 일깨워
주며, 하권에서는 더욱 진보된 동작의 실기를
담고 있다.

신국판 / 272쪽 / 값 각권 10,000원

몸과 마음을 조화롭게 하는 광기의 지혜

지은이/타르탕툴구
옮긴이/박지명
펴낸이/배기순
펴낸곳/하남출판사

초판1쇄발행/2004년 2월 1일
등록번호/제10-0221호

서울시 종로구 관훈동 198-16 남도BD 302호
전화 (02)720-3211(代)/팩스(02)720-0312
홈페이지 http://www.hnp.co.kr
e-mail : hanam@hnp.co.kr

ⓒ 하남출판사, 2004

ISBN 89-7534-309-X(03840)